dt

»Helfen Sie ... meine Freundin ... Er bringt sie um!« Der blinde Jonas Vogel ist gerade auf dem Nachtspaziergang mit seinem Hund, als ihn die Hilferufe eines am Straßenrand liegenden Verletzten aufschrecken. Ein Einbrecher hat dessen Freundin in ihrer Parterrewohnung als Geisel genommen. Als er den Namen der jungen Frau hört, ahnt der ehemalige Kommissar, daß er seinem Sohn Max – der als sein Nachfolger den Großeinsatz der Polizei leitet – trotz seiner Behinderung von Nutzen sein kann. Jonas kennt Silvia Klages gut: Ihre Eltern wurden bei einem Überfall vor ihren Augen getötet, und sie gibt sich seither die Schuld an ihrem Tod ...

Wie die Neugierigen hinter den Absperrgittern erstarrt Max wenig später, als sein Vater nach dem Kopf seines Bobtails tastet und auf die Haustür zugeht. Der Blinde will dem bewaffneten Täter einen Geiseltausch anbieten ...

Friedrich Ani, 1959 in Kochel am See geboren, lebt in München. Er arbeitete als Reporter und Hörfunkautor. Neben dem Staatlichen Förderungspreis für Literatur des Bayerischen Kultusministeriums erhielt er den Radio Bremen Krimipreis und zweimal den Deutschen Krimipreis für seine Romane um den Ermittler Tabor Süden und den Tukan-Preis der Stadt München für ›Idylle der Hyänen‹ (dtv 21028). ›Wer tötet, handelt‹ ist nach ›Wer lebt, stirbt‹ (dtv 20988) der zweite Band aus der Krimi-Reihe »Der Seher«. Weitere Informationen unter: www.friedrich-ani.de

Friedrich Ani

Wer tötet, handelt

Kriminalroman

Deutscher Taschenbuch Verlag

Von Friedrich Ani
sind im Deutschen Taschenbuch Verlag erschienen:
Wer lebt, stirbt (20988)
Idylle der Hyänen (21028)

Originalausgabe
Mai 2008
Deutscher Taschenbuch Verlag GmbH & Co. KG,
München
www.dtv.de
Lizenzausgabe mit Genehmigung des Paul Zsolnay Verlags

Umschlagkonzept: Balk & Brumshagen
Satz: Greiner & Reichel, Köln
Gesetzt aus der Sabon 10/12,5˙
und der Franklin Gothic Extra Condensed
Druck und Bindung: Druckerei C. H. Beck, Nördlingen
Gedruckt auf säurefreiem, chlorfrei gebleichtem Papier
Printed in Germany · ISBN 978-3-423-21061-4

Prolog

Sonntag, 1. Mai, 2.25 Uhr

Das Klirren der Fensterscheibe mitten in der Nacht.

Das Klirren der Fensterscheibe mitten in der Nacht hörte nicht auf. Es dauerte bestimmt nicht länger als eine Sekunde, aber es hörte nicht auf. Sie war längst wach, da klirrte es immer noch im ganzen Haus.

Von dieser Nacht an klirrte es jede Nacht.

Sie lag im Bett und schreckte hoch.

Manchmal stieß sie einen Schrei aus. Die Bilder, eigenartigerweise, verblaßten, nur das Geräusch blieb. Das ist eigentlich nicht zu begreifen, dachte sie. Die Bilder waren schrecklicher als das Geräusch, die Bilder waren der eigentliche Schrecken, das Geräusch war nur Einbildung, was die Dauer betraf. Eine Fensterscheibe klirrte, eine Sekunde lang, dann war es still. In diesem Moment hatte der wahre Schrecken noch gar nicht begonnen.

Und doch war das Klirren der Beginn.

Danach passierte alles wie in einem Film, der zu langsam lief. Die Stimmen klangen verzerrt und gedehnt, und sie öffnete die Tür zum Schlafzimmer ihrer Eltern.

Als sie die Tür zum Schlafzimmer ihrer Eltern öffnete, hatte sie vergessen, wie sie von ihrem Zimmer aus dorthin gelangt war. Sie öffnete die Tür.

Als die Tür plötzlich offen war, hörte sie die Stimme ihrer Mutter. Ihre Mutter schrie den Namen ihres Vaters.

Nur den Namen, nichts sonst. Nicht »Hilfe« oder »Gott«. Die Tochter an der Tür verstand jeden Buchstaben ganz deutlich, jeden einzelnen. Als wäre der Schrei aus sechs gleich laut klingenden Buchstaben zusammengesetzt. Als wäre jeder Buchstabe ein einzelner Schrei. Das sagte sie später immer wieder, in den Nächten, wenn sie aufschreckte, und Roland, ihr Freund, sie in den Arm nahm und nur festhielt, weil er sämtliche Trostworte schon ausprobiert hatte und Silvia nicht zuhörte.

R-A-I-N-E-R.

Was sie hörte, und sonst nichts, waren die Stimme ihrer Mutter und das Klirren und das Knacken. Es war kein Krachen, das betonte sie immer wieder, auch wenn in den Protokollen der Polizei stand: »Und dann hörte ich ein Krachen.« Es krachte nicht, nachdem die Stimme aufgehört hatte zu schreien. Es knackte. Jedesmal, wenn sie das Wort »knacken« aussprach, begann sie zu weinen. Sie mußte dann an ein Brett denken, das gespalten wurde, an ein Stück Holz, das jemand über dem Knie zerbrach.

An ein Stück Holz mußte sie denken und weinte.

Den Hammer, die Tatwaffe, hatte sie nicht gesehen. Nur den Arm des einen Mannes, der zuschlug. Und sie hatte die Arme des anderen Mannes gesehen, die durch die Luft wirbelten. Es sah nämlich aus, als würde der zweite Mann wie wild tanzen. Auch das hatte sie zu Protokoll gegeben. Das, und nicht etwa: »Und dann hat der eine Mann meine Mutter erschlagen.« Das hatte sie nicht gesehen.

Sie hatte es gesehen, aber sie hatte das dazugehörige Bild verloren.

Sie konnte sich nicht mehr erinnern, wie der eine Mann, der Mörder, von der rechten Seite des Bettes zur linken gegangen war, um nach ihrem Vater auch ihre Mutter zu erschlagen.

Sie konnte sich an das zweite Knacken erinnern.

An das zweite Knacken konnte sie sich immer wieder erinnern, bis heute. Aber nicht an das Bild. Das Bild hatte sie verloren wie ihr Kind. Sie war im zweiten Monat schwanger, und Roland wußte nichts davon, und am Ende der Nacht war sie nicht mehr schwanger, und sie mußte es ihm trotzdem erzählen.

Das Bild kehrte nicht zurück, es existierte nicht mehr in ihr. Irgendwo in ihr mußte es versteckt sein, das glaubte sie, und sie fürchtete sich davor, das Bild könnte ans Licht kommen und sie für immer blenden.

Vielleicht würde sie, wenn sie vor diesem Bild erblinden würde, das Knacken nicht mehr hören, ein für allemal.

Das Knacken des Schädels ihres Vaters.

Das Knacken des Schädels ihrer Mutter hörte sie nicht.

Sie hörte es nicht. Sie wollte sich mit aller Kraft daran erinnern, es gelang ihr nicht. Dann erschrak sie zu Tode, weil sie sich so zwanghaft daran erinnern wollte. Sie wollte sich doch gar nicht erinnern, wie ihre Mutter ermordet worden war.

Sie wollte es schon.

Sie war im Zimmer gewesen. Sie hatte das Verbrechen mit angesehen. Sie war die einzige Zeugin. Sie hatte alles gesehen und gehört. Zwar hatten die Täter sie vor ihrer Flucht bewußtlos geschlagen und ihr das Nasenbein gebrochen. Die Verletzungen und ihre schwere Unterleibsblutung hätten jedoch, sagten die Polizisten, auf ihre Aussagefähigkeit keinen Einfluß.

In den Sitzungen mit Dr. Wallhof, der Psychologin, begriff sie, daß die Polizisten recht hatten. Alles, was ihre Aussagefähigkeit beeinflußte, waren das Klirren, das Schreien ihrer Mutter und das Knacken.

Das Klirren.

Das Schreien ihrer Mutter.

Das Knacken.

Und jede Nacht von neuem.

Dann jede zweite Nacht, jede dritte Nacht, einmal im Monat.

Ihre Aussagen ergaben kein vollständiges Bild.

Aber die Täter wurden gefaßt, und sie gestanden die Morde.

Aber der eine hatte 2,0 Promille Alkohol im Blut, der andere 2,1.

Und der eine war achtzehn, der andere neunzehn Jahre alt.

Der eine, der Mörder mit dem erhobenen Arm, der 2,0 Promille im Blut hatte, wurde wegen Totschlags zu fünf Jahren Gefängnis verurteilt. Der andere, der wie wild getanzt hatte, was er in der Gerichtsverhandlung tatsächlich zugab, wurde wegen Beihilfe, schwerer Körperverletzung und unterlassener Hilfeleistung zu drei Jahren Gefängnis verurteilt. Die bisherige tadellose Lebensführung der beiden wirkte sich auf das Strafmaß ebenso aus wie ihr Alter und die Tatsache, daß sie den Einbruch und das Verbrechen in volltrunkenem Zustand begangen hatten.

Die Formulierung des Richters von der tadellosen Lebensführung beschäftigte sie monatelang. Sie begriff nicht, was er damit ausdrücken wollte. Die Täter hatten kein Motiv genannt, sie hatten sogar die Aussage verweigert und bei den Vernehmungen behauptet, sie könnten sich an den genauen Tathergang nicht erinnern.

Beinah so wie ich, dachte sie.

Sie hatte die jungen Männer identifizieren müssen. Ihre Gesichter waren nicht vermummt gewesen. Wenn sie einen Mord hätten begehen wollen, wären sie maskiert gewesen. Etwas in der Art hatte einer der Anwälte gesagt.

Warum hatte er das gesagt?

Warum hatte der Richter die Formulierung »tadellose Lebensführung« benutzt?

Solche Fragen stellte sie in der Nacht ihrem Freund Roland, und er wußte keine Antwort. Er kam zu ihr, um da zu sein, wenn sie aufschreckte und sich die Ohren mit den Fäusten zuhielt.

Zwei Jahre später kam er immer noch fast jede Nacht zu ihr in die Forsterstraße. Manchmal hätte sie wieder gern mit ihm geschlafen. Dann schaffte sie es nicht, sich auszuziehen.

In jener Nacht im Haus am See war sie nackt gewesen. Danach nur noch beim Duschen oder Baden zu Hause.

Zwei Jahre später bat sie Roland zum ersten Mal wieder, zu ihr ins Bett zu kommen und sehr behutsam zu sein.

Die Nacht war schwül, und ein Fenster stand offen.

Es klirrte nicht, als der Mann einstieg.

1

Mittwoch, 21. Juni, 20.25 Uhr

Es fiel ihm schwer, kein frisches Bier zu bestellen, aber eine Weile hielt er durch. Er saß vor seinem leeren Glas und wartete, daß sein Vater ihm endlich eine klare Antwort gab.

Max Vogel und sein blinder Vater waren die einzigen Gäste in dem kleinen chinesischen Restaurant an der Balanstraße im Münchner Osten. Jeder von ihnen hatte eine Portion Frühlingsrollen und eine süßsaure Suppe gegessen, und für Roderich hatte der Wirt, Herr Wang, eine Plastikschale mit Wasser auf den Boden gestellt. Der untersetzte Bobtail hatte die Schale schmatzend leer geschlürft und sich dann nicht mehr von der Stelle bewegt. Manchmal gab er einen Laut von sich, der wie ein Seufzen klang. Nachdem Roderich dreimal geseufzt hatte, sagte Jonas Vogel: »Bestimmt denkt er an die Gräfin.«

»Hunde denken nicht.« Max kippte das leere Glas in seiner Hand, kaute auf den Lippen und klopfte mit dem Glas auf den Tisch. »Ich will, daß du mir jetzt die Wahrheit sagst, Papa.«

Auch seine Frau hatte Vogel diese Frage schon gestellt, genau wie seine Tochter, nicht nur einmal, sondern zehn oder zwanzig Mal, wieder und wieder nach dem Unfall und nach seiner Entlassung aus der Reha-Klinik. Und was er ihnen geantwortet hatte, gefiel ihnen nicht, deswegen fingen sie immer wieder damit an. Max blieb am hartnäckigsten. Bei jeder Begegnung außerhalb des gemeinsamen Hauses brachte er das Gespräch auf das Thema, und sie begegneten sich oft.

Denn der fünfundfünfzigjährige Hauptkommissar Jonas Vogel mußte zwar nach seiner Erblindung aus dem Dienst im Kommissariat 111 – »Vorsätzliche Tötungs- und Todesfolgedelikte« – ausscheiden. Das hinderte ihn jedoch nicht daran, sich weiter für Ermittlungsarbeit zu interessieren und seinen ehemaligen Kollegen, deren Chef er gewesen war, mit Ratschlägen beizustehen, worauf er, wie er fand, nach mehr als drei Jahrzehnten Polizeierfahrung ein Recht hatte.

»Außerdem soll ich dir ausrichten, daß die Uhr aus dem Büro weg muß«, sagte Max. »Die nervt nämlich alle.«

Um sich besser orientieren zu können und bei eventuellen Vernehmungen die Zeit nicht zu vergessen, hatte Jonas Vogel am Tag seiner Verabschiedung eine wertvolle, handgeschnitzte Schwarzwälder Kuckucksuhr mit mechanischem Uhrwerk ins Dezernat mitgebracht und seinen Freund und Kollegen Arthur Geiger gebeten, sie an die Wand zu hängen. Polizeipräsident Dr. Ferdinand Schumacher hatte seinen Augen und Ohren nicht getraut.

»Ich brauche die Uhr«, sagte Vogel.

»Aber die Kollegen brauchen dich nicht.« Vor lauter unterdrücktem Zorn hatte Max das gesagt, und es tat ihm sofort leid.

Mit doppeltem Zorn winkte er dem Wirt.

»Ein Bier für mich.«

»Ja, Kommissar Vogel«, sagte Herr Wang. »Sie auch, Kommissar Vogel?« Er nannte sie immer beide beim Familiennamen.

»Ein kleines Bier, bitte.«

»Bitte«, sagte Herr Wang und ging zum Tresen. Seine Frau saß am Tisch beim Durchgang zum Nebenraum und las in einem Buch. Weder Jonas noch Max Vogel konnten sich erinnern, daß sie jemals ein Wort gesprochen oder gelächelt hätte.

Bis der Wirt die Getränke brachte, sprachen Vater und Sohn kein Wort. Wie ein massiver, quadratischer Fellkasten lag Roderich neben dem Tisch.

Max hob das Bierglas, zögerte und stieß gegen das kleine Glas seines Vaters. Sie tranken wortlos. Wieder einmal wunderte sich Max, mit welcher Selbstverständlichkeit sein Vater aß und trank, ohne zu kleckern oder etwas zu verschütten, seine Augen schienen von blauen Blicken zu leuchten. Max wußte, daß sein Vater vollständig blind geworden und eine Heilung des durchtrennten Sehnervs ausgeschlossen war. Vielleicht empfand Max deswegen diese Ohnmacht, weil er die unerschütterliche Haltung seines Vaters nicht ertrug, weil er sich ausgeschlossen vorkam und nicht begriff, wieso ein schwerbehinderter Mann ein Leben wie jeder andere Mann führen wollte, rücksichtslos gegenüber den Ängsten und dem Mitgefühl der Angehörigen. Das war die Bezeichnung, die Max immer einfiel, wenn er über seinen Vater nachdachte: rücksichtslos. Und je öfter Max so über seinen Vater dachte, desto zorniger wurde er – auf ihn und auf sich selbst. Und wenn er zuviel Bier trank, was in jüngster Zeit häufiger passierte, geriet er innerlich außer Kontrolle und fing an, seinen Vater in Gedanken zu beschimpfen und ihm schlimme Dinge zu wünschen, schlimmere als die, die ihm zugestoßen waren. Er wünschte ihm, daß etwas ihn aufrüttelte und aus seiner Selbstgefälligkeit zurück auf den Boden der Wirklichkeit katapultierte, zurück in die Normalität der anderen, die doch alles dafür taten, daß er, Jonas Vogel, in seiner Finsternis nicht verlorenging, sondern jederzeit jemanden in seiner Nähe wußte, der ihn führte.

Und genau das, ahnte Max, wollte sein Vater unter keinen Umständen. Er wollte sich nicht führen lassen, das hatte er nie gewollt. Diese Einstellung zum Leben, vermutete Max, war auch der Grund für das Alleinsein seiner Mutter gewesen, für die Phasen, in denen sie in eine Schwermut abgetaucht war, die wochenlang dauern konnte, und die sein Vater nicht einmal wahrgenommen hatte. Offenbar waren ihm solche Zustände total fremd.

Nur ein Mann wie Jonas Vogel brachte es nach Wochen schwerster familiärer Krisen fertig, seiner Frau, die aus Schmerz über die Erblindung ihres Mannes jede zweite Nacht nicht schlief, obwohl sie sich nur zaghaft über sein störrisches Alltagsbenehmen beklagte, ins Gesicht zu sagen: »Ich bin genauso wie vorher, nur eben blind.«

Und, dachte Max, das stimmte genau: Jonas war wie vorher. Bloß eben blind jetzt.

An diesem Abend hätte Max seinen Vater beinah angeschrien. Statt dessen bestellte er ein weiteres Bier und wischte sich über die Augen.

»Morgen häng ich die Uhr ab«, sagte er.

Vogel legte die rechte Hand auf den Tisch und die linke auf sein Knie und beugte sich nach vorn, wie bei seinen Vernehmungen. »Warum hörst du nicht damit auf, Maxl?« sagte er.

Nachdem er sich noch einmal über die Augen gewischt und auf den Lippen gekaut hatte, sagte Max: »Aus demselben Grund, wieso ich einen Tatverdächtigen nicht laufen laß – weil ich weiß, daß er lügt.«

»Ich bin kein Tatverdächtiger, Maxl.«

»Aber du lügst.«

»Nein.«

Max trank sein Glas aus und wußte, er durfte kein weiteres bestellen, er wußte es und hob den Arm und hielt das leere Glas hoch, und Herr Wang stand auf.

»Die Mama ist schon wieder krank wegen dir.« Auch ein Satz, den Max nicht sagen wollte und der ihm die ganze Zeit auf der Zunge gelegen hatte.

»Ich versuche es noch einmal«, sagte Jonas Vogel. »Und das ist das letzte Mal. Und das ist dann auch dein letztes Bier für heute.«

»Weiß ich noch nicht.« Max schaute zum Tresen. »Du merkst halt nicht, wenn's der Mama schlecht geht.« Er war froh, diesen Satz gesagt zu haben.

Als Vogel zu sprechen begann, stieß Roderich einen tiefen Seufzer aus. Der Kommissar strich dem Hund über den Kopf.

»Bitte, Herr Vogel«, sagte Herr Wang und stellte das Glas auf den Deckel. Er lächelte und ging.

»Ich weiß, was deine Mutter denkt«, sagte Vogel. »Und ich habe mich bemüht, ihr klarzumachen, was ich denke. Wir denken aneinander vorbei.«

Max trank und schüttelte den Kopf.

»Der Unfall war vor mehr als einem Jahr«, sagte Vogel. »Vor fünfzehn Monaten genau, und ich weigere mich, so zu tun, als wär ich immer noch unter Schock. Das bin ich nicht, ich akzeptiere die Wendung in meinem Leben und ich verhalte mich danach.«

»Das ist doch unmöglich«, sagte Max laut. Ein Zittern durchfuhr den Hund, während das Ehepaar Wang ungerührt am Tisch saß. »Kein Mensch schafft das. Kein Mensch hat einen Unfall, bei dem er blind wird, und lebt dann einfach weiter. Das schafft niemand. Du bist aus deinem Job rausgeflogen, Papa, du hast deinen Beruf hinschmeißen müssen, in dem du total aufgegangen bist. Du bist von einem Tag auf den anderen ein Behinderter geworden. Da kannst du doch nicht dasitzen und behaupten: Alles klar, dann bin ich halt jetzt blind, aber sonst ist alles in Ordnung. Das ist doch absurd. Du belügst nicht nur mich und die Mama und Katrin, du belügst dich selber.«

Bis auf einen Schluck leerte er sein Glas, kaute wieder auf den Lippen und bemerkte es nicht. »Und jetzt will ich endlich wissen, wieso du zu dieser verdammten Baustelle gegangen bist, um dieser alten Frau hinterherzuklettern. Was hast du dir dabei gedacht? Wieso bist du da hin? Wieso steigst du in eine riesige Baugrube runter? Wieso hast du den Bagger nicht gesehen? Und wieso … und wieso …« Er klopfte seinem Vater heftig auf den Arm. »Wieso das alles, Papa?«

Auf dem Weg zu der Baugrube am Lenbachplatz hatte Jonas Vogel an den Traum gedacht, den er in der Nacht zuvor gehabt und der ihn lange beschäftigt hatte. Aber der Traum war keine Erklärung. Zu Recht würde sein Sohn glauben, er wolle ihm nur eine Geschichte erzählen, damit er endlich Ruhe gab. Und doch war das Bild seiner Großmutter mit dem ausgebluteten Auge seine einzige Erinnerung an den Weg vom Auto seines Sohnes, aus dem er wegen einer Straßensperre ausgestiegen war, um schneller ins Präsidium zu kommen, bis zum Durchgang im Bretterzaun, wo er die Stadtstreicherin mit der Plastikhaube und den Plastiktüten hatte verschwinden sehen. Er, der »Seher«, wie manche Kollegen ihn nannten, ohne daß er diese Bezeichnung je akzeptiert hätte, denn sie traf, wie er fand, nicht im geringsten auf ihn zu. Und nun, da er blind war, klang sie geradezu zynisch.

»Ich hatte plötzlich Angst um die Frau«, sagte er.

»Aber wieso?« Wieder entglitt Max die Stimme. »Du

kanntest die Alte überhaupt nicht. Die war zweihundert Meter weit weg, du hast sie nicht mal gescheit sehen können. Seher! Was hast du da gesehen?« Er hob das Glas zum Mund und knallte es wieder auf den Tisch. »Für die Mama ist das der totale Horror, seit wie vielen Monaten? Fünfzehn, genau. Seit fünfzehn Monaten kann sie an nichts anderes denken als daran, was an dem Morgen in dir vorgegangen ist. Wieso du die Alte retten wolltest? Der Frau ist nichts passiert! Die hat der Bagger nicht überrollt, die ist da munter aus der Grube rausgekrochen. Aber du nicht. Du hast dir deinen Sehnerv kaputtfahren lassen. Wieso denn, Mann?«

»Es war ein Unfall, Maxl.«

»Es war kein Unfall«, schrie Max.

Jetzt sah Frau Wang zu ihnen her.

»Das war eben kein verdammter, gottgegebener, zufälliger Unfall. Du bist da freiwillig hin, du bist absichtlich in die Grube rein, den steilen Hang runter, vor dem Bagger. Vor dem Bagger. Die Alte hätt' sich selber gerettet, die ist nicht so blöd wie du. So blöd wie du bist nur du.«

Das wollte er nicht sagen. Aber als sein Vater nichts erwiderte, hätte er es beinah noch einmal gesagt.

»Genau«, sagte Max und trank und zeigte mit dem Glas auf seinen Vater. »So hockst du auch in der Küche, und die Mama weint, und die Katrin und ich reden an dich hin wie an einen tauben Stier, und du reagierst nicht. Du sagst einfach: Ich bin zwar blind, aber sonst ganz normal, so wie immer, so wie früher. Hey, Leute, soll ich mit dem Kopf gegen die Wand knallen, weil ich nichts mehr seh? Soll ich vor Mitleid zerfließen? Soll ich eine Therapie machen? Soll ich in ein Behindertenheim ziehen? Nein. Ich mach alles genau wie früher, und entweder ihr haltet mich aus oder ihr macht einen Bogen um mich. Wie immer. Das geht aber nicht mehr. Begreifst du das nicht? Deine Blindheit betrifft nicht nur dich allein. Wenn die Mama schon nicht begreift, was du in der Baugrube zu suchen hattest, und wenn du dich schon weigerst, auch nach fünzehn Monaten eine halbwegs vernünftige Erklärung für deinen Wahnsinn zu geben, dann solltst du wenigstens so tun, als würdest du die Mama und uns in dein supersouveränes Leben mit einbeziehen. Das ist wichtig für uns, besonders für die Mama. Früher warst du sechzig oder siebzig Stunden in der Woche im Dezernat, und wenn du zu Hause warst, hast du geschlafen oder in Fachzeitschriften gelesen. Manchmal haben wir alle vier gemeinsam gegessen, das stimmt, am Sonntag, falls du oder ich nicht gerade Bereitschaft hatten. Aber jetzt bist du kein Polizist mehr, du bist pensioniert, du hast Zeit, du kannst dich um Mama kümmern, du kannst Ausflüge mit ihr machen, du kannst ihr endlich deine ganze Aufmerksamkeit schenken.«

Nach einem langen Schweigen sagte Vogel mit ausdrucksloser Stimme: »Ich bin immer noch Polizist.«

Max sah auf seine Uhr. »Du träumst, Papa. Laß uns gehen.«

Bei diesen Worten richtete Roderich sich ruckartig auf und taumelte auf der Stelle.

Max gab der Wirtin, die immer noch verstohlen zu ihnen hersah, ein Zeichen, und mit einer eigentümlichen Geste machte sie ihren zeitunglesenden Mann darauf aufmerksam: Sie wedelte mit dem Zeigefinger vor seinem Gesicht.

»Hast du das gesehen?« sagte Max zu seinem Vater und erschrak für eine Sekunde. »Entschuldige, Papa.«

»Was ist?« sagte Vogel ruhig.

»Erzähl ich dir draußen.«

Herr Wang kam mit seinem schwarzen Geldbeutel. »Reisschnaps für Heimweg, Herr Vogel, Herr Vogel?«

»Nein, danke«, sagten Vater und Sohn gleichzeitig.

»Fernet Branca?«

»Nein«, sagte Max. »Heut bezahl ich.«

Roderich seufzte wieder.

Draußen plusterte ein kühler Westwind das weißgraue Fell des Hundes, und er drückte sich noch enger als sonst an die Beine seines Herrchens, fast als fürchte er, davongeweht zu werden.

»Wir drehen noch eine Runde«, sagte Jonas Vogel.

»Es ist halb zwölf«, sagte Max.

»Einmal durch den Park. Komm gut heim, Maxl.«

Vom »Wang's« bis zu ihrem Haus in der Herrenchiemseestraße brauchten sie zu Fuß keine Viertelstunde. Tief durchatmend ging Max die Schlesierstraße entlang. Sein Vater und Roderich überquerten die um diese Zeit wenig befahrene Balanstraße, an die ein kleiner, mit Laub- und Nadelbäumen bewachsener Park mit einer hügeligen Wiese und einem Spielplatz grenzte.

Das Rauschen der Blätter gefiel Jonas Vogel, das Klakken der Kugelspitze seines Aluminiumstabes auf dem befestigten Kiesweg war wie ein vertrauter Rhythmus, dem er mit sicheren Schritten folgte. Roderich trottete an seiner linken Seite neben ihm her, schwerfällig und folgsam und, wie Vogel vermutete, ein wenig überfordert von diesem unerwarteten mitternächtlichen Ausflug.

In der Nähe der schmalen, hinter Büschen und Sträuchern gelegenen Bad Dürkheimer Straße begann Roderich, heiser zu bellen. Kurz darauf hörte Vogel die flehende Stimme eines Mannes.

Mittwoch, 22.50 Uhr

Der Mann kroch auf Händen und Knien über die Straße und gab unverständliche Laute von sich. Blut floß ihm von der Stirn übers Gesicht und in den Mund, er spuckte aus, sackte zusammen, raffte sich wieder auf und wimmerte. Als er im Nebel seiner Wahrnehmung den zotteligen Hund bemerkte, erschrak er so sehr, daß er einen gurgelnden Schrei ausstieß und wie in Panik die Arme hochriß und den Kopf einzog.

Roderich hatte aufgehört zu bellen. Er stand am Rand des Bürgersteigs, mit wehendem Fell, zitternd und vermutlich nicht weniger erschrocken als der Mann, der mitten auf der Straße kauerte, mit weit aufgerissenem Mund, und Worte verschluckte.

»Wer sind Sie?« fragte Jonas Vogel.

Der Mann, der barfuß war und nur ein gelbblau-kariertes Hemd trug, das ihm aus der Hose hing, preßte die Arme an den Körper und schnappte nach Luft. Jedesmal, wenn er Luft holte, mußte er husten, seine Stimme klang wie von einem inneren Weinen umhüllt.

»Ein... ein Ein... Einbruch ...« Seine Stimme verschwand in einem Gurgeln.

»Ich bin blind«, sagte Jonas Vogel und machte einen Schritt auf die Straße. Roderich drückte seinen schweren Körper an Vogels linkes Bein. »Wurden Sie überfallen? Sind Sie verletzt?«

Mit großer Anstrengung gelang es dem Mann, erst das eine, dann das andere Bein anzuwinkeln. Er stützte sich mit den Händen flach auf dem Asphalt ab, spuckte wieder aus, leckte sich Blut von den Lippen, unterdrückte einen Schrei und richtete sich auf. Wenn Vogel ihn hätte sehen können, wäre er über die dürre, blutverschmierte, angstgeschüttelte Gestalt erschrocken, die von einer Seite zur anderen kippte, als wäre sie volltrunken oder einem Sturm ausgeliefert.

»Helfen Sie ... Helfen Sie ... uns, meine Freundin ...« Er machte einen Schritt und warf den Kopf nach hinten. »Sie ist ... wir sind in der Wohnung überfallen ... Der Einbrecher, der ... hat eine Waffe und er hat ... er hat mich geschlagen und aus dem Haus ge... geschmissen ... Und er bringt sie jetzt um ...«

»Wo ist das Haus?«

»Das Haus ... da... hinten ... Bitte ...«

»Haben Sie ein Handy?« Behutsam klopfte Vogel mit seinem Stock auf den Boden, um keine Silbe von dem zu überhören, was der Mann hervorbrachte.

»Kein Handy, nein...«

»Mein Name ist Jonas Vogel, wie heißen Sie?«

»Roland. Rufen Sie die Polizei ... die Polizei ... Bitte ...« Er drückte die Hand auf seine linke Wange. Er spürte, wie sein Auge zuschwoll, und hielt mit dem anderen verzweifelt nach seinem Gegenüber Ausschau.

Jonas Vogel besaß kein Handy, weil er keines besitzen wollte, und wenn seine Frau ihn fragte, ob er sie auch damit noch provozieren wolle, erklärte er, ihre Formulierung sei unangebracht, außerdem würde ihm ein Telefon nichts nützen, wenn er sich verirrt habe. Solle er ihr dann Gerüche oder Geräusche beschreiben, damit sie ihn finden könnte?

Jetzt verfluchte er seine Sturheit.

»Komm, Roderich«, sagte er. »Wir gehen zum nächsten Haus.«

»Nicht ... nicht da lang ...« sagte Roland und hustete.

»Ich habe kein Handy. Kennen Sie den Einbrecher?«

»Nein. Nein. Er hat auch Sil... er hat auch ...«

Mehrere Ein- und Zweifamilienhäuser säumten die Bad Dürkheimer Straße gegenüber dem Park. Vogel tastete sich am Zaun entlang, bis er ein Klingelschild fand. Er drückte auf einen der Knöpfe.

»Wie schwer verletzt sind Sie?« fragte er Roland, der hinter ihm und Roderich hergeschlurft kam.

»Weiß nicht, ich seh nichts mehr ...«

»Hoffentlich mehr als ich«, sagte Vogel. Als sich in der Sprechanlage eine männliche Stimme meldete, beugte er sich hinunter. »Guten Abend, ich bin ein ehemaliger Kriminalkommissar, das ist ein Notfall.«

Fünf Minuten später bog der erste Streifenwagen von der Balan- in die Bad Dürkheimer Straße ein, kurz darauf folgten zwei weitere. Die Polizisten sperrten die Forsterstraße ab, wo in Haus Nummer 3 nach Aussage des Zeugen Roland Horn der Einbrecher eingestiegen war. In der Wohnung im Parterre brannte kein Licht. Im ersten Stock wohnte das Ehepaar Veit und Rita Schmidinger, die noch vor dem Eintreffen der Polizisten das Haus verließen, im Erdgeschoß, erklärten sie, hätten sie nichts Verdächtiges bemerkt. Aus der Wohnung von Silvia Klages habe man im Treppenhaus keinen Laut gehört.

Schon als der sechsundzwanzigjährige Student den vollständigen Namen seiner Freundin zum ersten Mal erwähnt hatte, hatte Jonas Vogel sich an deren Geschichte erinnert.

Das war der Grund, weshalb er sich von einem der Streifenbeamten ein Handy auslieh und Roland, der mittlerweile im Notarztwagen versorgt wurde, nach den Telefonnummern von Silvia Klages fragte.

Er wußte, daß er dafür nicht zuständig war.

Er wußte, daß jemand ihn, wenn er tatsächlich anrief, aufs Schärfste zurechtweisen würde.

Zuerst wählte er die Nummer des Festnetzes. Der Anrufbeantworter sprang an. Vogel nannte seinen Namen und sagte: »... Ich habe das Verbrechen an Ihren Eltern bearbeitet, nehmen Sie bitte den Hörer ab, Frau Klages ...«

Er wartete eine Zeitlang, dann unterbrach er die Verbindung und tippte die Nummer von Silvias Handy.

Ihre Worte waren kaum zu verstehen. »Ja? Ich kann jetzt nicht sprechen ...«

»Hier ist Jonas Vogel, wie geht ...«

»Hau ab!« blaffte jemand ins Telefon. Dann ertönte eine mechanische Stimme: »Dieser Anschluß ist vorübergehend nicht erreichbar, bitte rufen Sie später wieder an.«

Als er Roderichs Stöhnen hörte, wußte Vogel, zu wem die Schritte gehörten, die näher kamen. Er gab dem Polizisten sein Handy zurück und wandte sich um.

»Grüß dich, Maxl«, sagte er.

»Bist du wahnsinnig geworden?« rief Max Vogel. »Was treibst du hier? Hast du gerade da drin angerufen? Spinnst du? Willst du mich blamieren? Vor dem ganzen Team?«

»Schrei nicht so«, sagte Jonas Vogel. »Hast du dir die Zähne nicht geputzt? Du hast eine Fahne.«

Und als würde diese bis zum Boden reichen, schüttelte sich Roderich, und er nieste zweimal.

2

Mittwoch, 23.40 Uhr

Streifenwagen blockierten die Zufahrt zu den Straßen rund um den hügeligen namenlosen Platz. An der Einmündung der Forster- in die Maikammererstraße am Grünstadter Platz stellten Polizisten zwei Metallgitter und einen Halogenscheinwerfer auf, dessen gleißendes Licht immer mehr Anwohner auf die Balkone oder in die Vorgärten trieb. Die ersten Reporter und Kamerateams parkten ihre Fahrzeuge in der Umgebung und begannen, weil sie nicht durchgelassen wurden, jeden Passanten, der ihnen über den Weg lief, zu interviewen. Niemand wußte etwas, jeder hatte eine andere Erklärung für den Großeinsatz der Polizei.

»Wo kommt die Presse her?« sagte Max Vogel zu niemand Bestimmtem.

»Von den Nachbarn«, sagte Jonas Vogel. »Sie sind noch schneller geworden. Du mußt Peter herbestellen.«

Peter Baumherr war einer der Pressesprecher der Kripo, zuständig für die Arbeit der Kommissariate 111 und 112.

Bevor die Sanitäter den durch mehrere Schläge mit einer Pistole verletzten Roland Horn ins Krankenhaus brachten, versuchte er, ein paar Fragen zu beantworten. Sein linkes Auge war zugeschwollen, sein Kopf bandagiert und in seinem Mund, wo zwei Zähne fehlten, steckten Wattebäusche. Horn lag im Rotkreuz-Wagen auf der Trage, Max hatte sich neben ihn gekniet.

»Sie haben nur die eine Waffe gesehen?«

»Pistole«, nuschelte der Student. »Brauner Griff, das hab ich ... gesehen ...«

»Ein Holzgriff. Hat der Täter damit geschossen?«

Mit schmerzverzerrter Miene schüttelte Roland den Kopf.

»Und er hat nur Sie geschlagen«, sagte Max. »Nicht Ihre Freundin. Und er hat Ihre Freundin auch nicht auf andere Weise angegriffen.«

»Nein.« Er verzog den Mund, kaute auf der Watte, Speichel floß über sein Kinn. »Weiß nicht, was dann ... Er hat die ... er hat die Pistole auf mich gerichtet und ... und gesagt ... ich soll ... ich soll mich anziehen ...«

»Das haben Sie meinem Vater schon berichtet.«

»Ihr Vater? Ist der blinde Mann ...« Das Sprechen verursachte ihm so starke Schmerzen, daß er die Augen zukniff, um seine Tränen zu unterdrücken.

»Er hat Ihnen befohlen, sich wieder anzuziehen, weil Sie ja bei Ihrer Freundin im Bett lagen«, sagte Max. »Dann hat er mit der Pistole auf sie eingeschlagen und Sie aus der Wohnung geworfen.«

Roland öffnete die Augen. »Silvia, sie ist ... Sie müssen sie rausholen, schnell ... sie ist doch schon mal überfallen worden, wissen Sie das? Sie müssen ... sie stirbt sonst ... vor Angst ...«

Falls der junge Mann in seinem Zustand nicht die zeitliche Orientierung verloren hatte, dann lagen, schätzte Max, zwischen dem Eindringen des Täters durchs offene Fenster und Rolands unfreiwilligem Verlassen der Wohnung kaum mehr als fünf Minuten. Etwa zehn Minuten später begegnete er Jonas Vogel. Wieso er nicht die Nachbarn im Haus alarmiert hatte, konnte Roland nicht erklären. Unter Schock sei er über den Kiesweg zur Gartentür und dann auf die Straße gekrochen, ohne sich zu erinnern, wie es ihm gelungen war, die Tür zu öffnen. Er habe sich auf allen vieren einfach weitergeschleppt, in irgendeine Richtung und unfähig, laut um Hilfe zu rufen. Er fing wieder an zu schluchzen. Max gab dem Arzt ein Zeichen loszufahren.

Was Roland mit der Anspielung auf den früheren Überfall gemeint hatte, verstand Max nicht, sein Vater mußte es ihm erklären. Jonas Vogel hatte vor zwei Jahren die Ermittlungen geleitet und den Mörder und seinen Komplizen innerhalb weniger Tage gestellt. Nach dem Prozeß verbüßte der inzwischen zwanzigjährige Mörder seine Strafe im Straubinger Gefängnis, sein Freund saß in Amberg ein.

»Ich muß mit Silvia Klages sprechen«, sagte Vogel wieder.

»Auf keinen Fall«, sagte Max.

»Es könnte ihr helfen, ich verstehe ihre Situation.«

»Du vergißt was«, sagte Max. »Du bist kein Polizist mehr.«

»Ich bin Polizist, bis ich sterbe. Außerdem habe ich schon kurz mit ihr gesprochen.«

»Totaler Wahnsinn.«

»Willst du mit ihr sprechen?«

»Wer denn sonst?« Max biß sich auf die Lippen, und er biß zu fest. Wütend tupfte er sich mit dem Handrücken den Mund ab. »Traust du mir das nicht zu? Ich bin hier zuständig, Endres hat mich zu Hause angerufen und mich eingeteilt. Yvonne kommt auch gleich.«

Nicht weit von ihnen warteten zwei Streifenbeamte mit drängendem Gesichtsausdruck. Max hatte sie längst bemerkt, aber er wollte erst die Sache mit seinem Vater klären. Vogel klopfte mit dem Stock auf den Boden.

»Komm näher, Maxl«, sagte Vogel leise.

Roderich hob den Kopf, als wären die Worte für ihn bestimmt.

»Was ist?« sagte Max und bewegte sich nicht von der Stelle.

Vogel wartete, bis sein Sohn neben ihm stand. »Du riechst nach Alkohol, du bist angetrunken, du kannst dieses Gespräch nicht führen. Du bist zu angespannt, entweder du wartest auf Endres oder ich versuche, eine Verbindung zu bekommen. Verstehst du das nicht, Maxl?«

»Du hast genauso viel getrunken wie ich.«

»Natürlich nicht. Vielleicht ist es ein Glück, daß ich zufällig hier vorbeigekommen bin. Ich verhandle nicht zum ersten Mal mit einem Geiselnehmer.«

Max starrte zu Boden. Den beiden ungeduldig wartenden Beamten hätte er am liebsten den Rücken zugedreht. Neben seinem Vater kam er sich unsicher und unprofessionell vor. Die ganze Zeit dachte er darüber nach, wieso sein Vater mitten in der Nacht ausgerechnet in diesem Park seinen Hund Gassi führen mußte, ebensogut hätte er zum Haus mitkommen und in der Grünanlage an der Herrenchiemseestraße eine Runde drehen können. Trotzige Momente lang wollte Max seinen Vater von den zwei Polizisten, die ihn, das spürte er, unentwegt anstarrten, nach Hause bringen lassen, und zwar vorbei an allen Kollegen und Schaulustigen und Journalisten, dann würde sein Vater ein für allemal begreifen, daß seine Zeit in der Mordkommission abgelaufen war.

»Du hast keine Zeit mehr zu verlieren«, sagte Jonas Vogel. »Der Geiselnehmer wartet darauf, seine Forderungen zu stellen.«

»Und wenn er gar keine Forderungen hat?« sagte Max laut. Er sah sich um, hob abwehrend die Hand in Richtung der beiden Polizisten und senkte die Stimme. »Wenn er die Frau vergewaltigen und umbringen will, und das wars dann? Wenn er ein Psychopath ist, der seinen Trieb auslebt und fertig?«

»Warum hat er den Studenten gehen lassen? Warum hat er ihn nicht gefesselt oder sofort getötet? Warum ist er nicht geflüchtet, als er merkte, daß die Frau nicht allein ist? Er hat eine Pistole, er hätte einfach wieder verschwinden können. Warum geht er dieses Risiko ein? Was will er? Kennt er sein Opfer? Ist er zufällig hier, so wie ich? Laß uns den Zufall nutzen, Maxl, den Zufall, daß ich hier bin und die Geschichte der Geisel kenne. Ich werde nur telefonieren. Ich verspreche, ich werde mich nicht auf eine Verfolgungsjagd einlassen. Ich werde nur sprechen. Jetzt sofort. Ist inzwischen Licht in der Wohnung?«

Ohne seinem Vater noch einmal zu widersprechen oder überhaupt daran zu denken, ging Max zwei Schritte auf das Haus in der Forsterstraße zu.

»Nein«, rief er. »Dunkel und alles still.«

»Gib mir das Telefon, Maxl.«

Einer der beiden jungen Polizisten, die die ganze Zeit unentschlossen abgewartet hatten, wandte sich an Max. »Entschuldigung, Herr Vogel, da drüben ist ein Nachbar, der würde Sie gern sprechen, er sagt, er hat vielleicht was gesehen. Gestern und vorgestern. Er hat einen Mann hier rumschleichen sehen, einen, den er vorher noch nie hier gesehen hat. Der hat sich für das Haus Nummer 3 interessiert. Ich weiß nicht, ob das wichtig ist, der Zeuge ist betrunken.«

»Danke«, sagte Max. Dann ging er zurück zu seinem

Vater und gab ihm sein Diensthandy. »Ich weiß nicht, ob das richtig ist, was wir tun, Papa.«

»Hauptsache, wir tun was«, sagte Vogel. »Du auf deine und ich auf meine Weise. Sag mir die Nummer.«

Max sagte sie ihm, und sein Vater tippte sie blind.

Mittwoch, 22.55 Uhr

Als er aus dem Bad zurückkam, stolperte er im Dunkeln über eines der Bücher, die aus dem Regal gefallen waren, nachdem er Roland dagegen geworfen hatte. Bevor er das Buch mit dem Fuß wegschlug, las er den Titel.

»Ahnung und Gegenwart«, rief er zum Bett hin. »Sowas liest du? Hast du eine Ahnung von der Gegenwart? Garantiert nicht.« Er ging zum Bett und beugte sich hinunter. »Hast du eine Ahnung von dem, was grad passiert? Weißt du noch, wie ich heiß'?«

Silvia bewegte ihren Kopf einen Zentimeter nach links, in die Richtung des Mannes. Sie lag auf dem Rücken, die starren Arme an den Körper gepreßt, die Finger in die Oberschenkel gekrallt, mit ausgestreckten, eng aneinandergedrückten Beinen, nackt bis auf den weißen Slip.

»Hast du meinen Namen vergessen? Das gibt's doch nicht. Denk mal nach. Du sollst nachdenken!« Auf seinem grünen Kapuzenpullover waren Blutflecken, über die er manchmal mit der Faust rieb. Darüber trug er eine schwarze, knisternde Windjacke. Seine graue, karierte Trainingshose sah aus wie die Arbeitskleidung eines Kochs, und jedesmal, wenn er die Hose mit der Pistole in der Hand hochzog, ruckte er mit dem Becken und warf den Kopf hin und her.

Er streckte den Arm aus und zielte mit der Waffe auf Silvia.

»Und jetzt red was, sonst geht's dir wie deinem Stecher. Du sollst was sagen!« Der Lauf der Waffe berührte fast ihre Stirn, aber Silvia nahm nichts wahr als den Geruch von Zigarettenrauch und altem Fett wie aus einer Fritteuse. Sie schaute zu dem schmalen, von strähnigen Haaren halbverhangenen Gesicht hinauf, Pistole und Arm sah sie nur verschwommen vor sich. Die Waffe flößte ihr keine Furcht ein. Die Furcht kam von woanders her.

»Ich zähl bis drei«, sagte Henning, »dann hau ich zu.«

Ohne es zu wollen, fing Silvia, während sie das Gesicht anstarrte, im stillen an zu zählen. Allmählich, im fahlen Licht, das von der Straße durch die geschlossenen Vorhänge fiel, bemerkte sie Bartstoppeln und tiefe Linien, eine Narbe am Kinn, die vielleicht nur ein Schatten war, und die geschwungenen Lippen, die ihr weich und weiblich vorkamen.

»... zwei ...«, zählte der Mann.

Und mit halber, unerwarteter Stimme sagte Silvia: »Drei.«

Henning verzog den Mund, tupfte Silvia mit dem Lauf der Pistole auf die Stirn, zog sich die Hose hoch und raschelte mit der Jacke. »Geht doch«, sagte er. »Und du bist die Silvia. Kennst mich nicht mehr?«

Eine Sekunde sah sie den Mann aus dem Haus am See vor sich, den kleineren, der getanzt hatte. Sie sah ihn wieder, obwohl der Mann jetzt nicht tanzte, und sie dachte, daß er womöglich vorzeitig entlassen worden und zu ihr gekommen sei, um sich zu rächen. Aber wofür denn?

»Nein«, sagte sie.

»Was ist?« Henning, der zur Tür gegangen war, weil er

sich einbildete, im Treppenhaus etwas gehört zu haben, drehte sich zu ihr um. »Was ist nein? Sag was.«

Vermutlich hatte er sich getäuscht. Er ging zurück zum Bett. »Was ist? Kennst mich nicht mehr? Paß mal auf.« Er warf einen schnellen Blick auf die Pistole in seiner Linken, sah sich um und stellte sich, die Hände hinter dem Rücken, breitbeinig neben das Bett. »Dein Freund, der hat mich genervt, deswegen hab ich ihn geschlagen, das ging nicht anders, das mußt du verstehen. Der wollt' sich hier aufspielen, der wollt' den Ritter geben, das war blöd von ihm. Aber: Siehst du ihn irgendwo? Liegt er irgendwo gefesselt herum? Nein. Ich hab ihn laufenlassen. Und dich laß ich auch laufen, aber jetzt noch nicht. Ist nett hier, ein Haufen Bücher, wozu brauchst du die? Egal. Also, ich bin hier, und das ist ein Fakt, und es ist schon hart, daß du mich nicht wiedererkennst. Wir haben zusammen Bier getrunken, am Bahnhof vorn, beim Griechen. Grüß Gott?«

Seine Worte kreisten um ihren Kopf, sie hörte sie, aber sie verstand sie nicht. Sie schloß die Augen und riß sie gleich wieder auf, das machte sie die ganze Zeit, während er auf sie herunterredete. Sie wollte damit aufhören, und es gelang ihr nicht, so stark sie sich auch darauf konzentrierte. Alles in ihr war Angst. Trotzdem, so hatte sie längst verwundert bemerkt, schlug ihr Herz normal, und sie zitterte nicht und fror auch nicht. Nur ihre Finger krallte sie immer noch in die Beine, und sie preßte die Knie aneinander und spürte schon den Schmerz in den Muskeln.

Woher der Schlag plötzlich kam, wußte sie nicht. Als sie den Kopf drehte, auf den gerade jemand mit der flachen Hand geschlagen hatte, kniete der Mann neben dem Bett und betrachtete ihren Busen.

»Gute Figur«, sagte Henning. »Ich mag schlanke Frauen. Und jetzt red mit mir, sonst hau ich dir woanders hin.«

»Nicht schlagen, bitte«, sagte Silvia, erleichtert, ihre eigene Stimme zu hören.

»Hängt von dir ab.« Er packte ihr linkes Bein und zog es vom rechten weg, ungefähr drei Zentimeter, und sie schämte sich sofort, aber sie hatte keine Kraft, sich zu wehren, und sie traute sich auch nicht. »Silvi, ich bin der Henning. Hast du meinen Namen vergessen? Henning. Du warst mit deinem Kurs fertig und bist rüber in die Kneipe gekommen, und da war ich. Schau.« Er streckte den Rücken und schob das Becken vor, was sie nicht sehen konnte.

»Henning«, sagte sie leise.

»Grüß dich, Silvi.«

Wieder fiel ihr die Narbe an seinem Kinn auf, und als er sich vorbeugte, begriff sie erst nicht, was er vorhatte. Er küßte sie auf den Mund, verharrte mit dem Kopf über ihrem Busen und beugte sich dann nach hinten.

Sie schmeckte Zigarettenrauch auf der Zunge, dabei hatte sie den Mund nicht geöffnet gehabt. Die Lippen waren weich gewesen, und sofort hoffte sie, er habe ihren Blick nicht bemerkt. Sie hatte ihm auf den Mund gesehen.

»Noch mal?« fragte Henning. Er schüttelte sich die Haare aus dem Gesicht. »Später. Wieviel Geld soll ich verlangen?«

Sie hatte keine Ahnung, was er meinte.

»Hunderttausend? Oder zweihunderttausend? Lustig. Wieviel, Silvi? Red!«

Sie wagte nicht, die Beine zu bewegen. Statt dessen grub sie ihre Fingernägel noch tiefer in die Haut.

Das Telefon klingelte. Es stand in der Konsole auf dem rechteckigen Tischchen neben der Zimmertür und gab leise, melodische Töne von sich. Silvia sah hin, genau wie Henning, der die Pistole, die er vors Bett gelegt hatte, aufhob. Er zielte aufs Telefon. Silvias Stimme ertönte auf dem Anrufbeantworter.

»Hallo, ich bin grade nicht daheim, bitte hinterlassen Sie mir eine Nachricht, dann ruf ich Sie gern zurück. Auf Wiedersehen.«

»Guten Abend, Frau Klages. Mein Name ist Jonas Vogel«, sagte ein Mann. »Ich bin ein ehemaliger Kriminalbeamter. Ich habe das Verbrechen an Ihren Eltern bearbeitet, bitte nehmen Sie den Hörer ab, Frau Klages ...«

Im Hintergrund waren Geräusche zu hören, Schritte, eine Tür wurde geschlossen, jemand flüsterte. Dann brach die Verbindung ab.

Henning drehte sich zu Silvia um. »Was ist mit deinen Eltern? Sind die tot? Du sollst mit mir reden.«

»Ja«, sagte Silvia. Sie hatte Durst, und sie hätte gern die Bettdecke über sich gebreitet. Henning hatte die Decke auf den Boden geworfen, bevor er Roland aus dem Bett geschleift und auf ihn eingeschlagen hatte.

Ihr Handy klingelte, und sie zuckte zusammen. Das Gerät lag am Kopfende des Betts auf dem niedrigen Schemel mit den Zeitschriften. Henning sprang auf, schaute aufs Display, auf dem keine Nummer zu lesen war, drückte den grünen Knopf und hielt es Silvia ans Ohr.

»Sag, du hast keine Zeit. Los.«

»Ja«, sagte Silvia mit hohler Stimme. »Ich kann jetzt nicht sprechen ...«

Er nahm das Handy von ihrem Ohr weg und hörte nicht zu, was der Mann am anderen Ende sagte. »Hau ab!« Er schaltete das Gerät ab und schleuderte es durch die Tür in den Flur. »Wir brauchen niemand.«

Er zog sich die Hose hoch, warf den Kopf hin und her

und blieb still stehen. Er tat nichts, seine Jacke hörte schlagartig auf zu knistern, starr ragte er ins Halbdunkel, seine Arme hingen schlaff an ihm herunter, der Lauf der Pistole zeigte nach unten.

Silvia bewegte sich nicht. Das fiel ihr maßlos schwer, es kam ihr vor, als würde die Eiseskälte, die seit einer Weile in ihr aufstieg, sie von innen her aushöhlen und jeden einzelnen Knochen zerfressen. Sie wollte schreien oder aufspringen oder zumindest die Daunendecke in der absurden Hoffnung über ihren nackten Körper werfen, sie käme vielleicht doch mit dem Leben davon.

Er hat keinen Hammer, dachte sie, mit der Pistole kann er mich nicht erschlagen. Oder doch? Sie mußte etwas sagen, stumm sein war schlecht, das hatte ihr die Psychologin erklärt, man mußte sich bemerkbar machen, wenn man in Gefahr geriet, man mußte sich wehren, wenn auch bloß mit Worten, auch Worte flößen manchmal dem Angreifer Angst ein.

Daran hatte sie nie richtig geglaubt.

»Sind Sie Linkshänder?« sagte sie, ohne darüber nachgedacht zu haben. Und dann wollte sie noch etwas sagen. Aber da sprang der Mann aufs Bett, spreizte die Beine über ihr und kniete sich hin und schob mit den Knien ihre Beine zusammen, so ragten ihre Beine unter seinem Bauch hindurch, unter der graukarierten Trainingshose, die, wie ihr jetzt auffiel, voller Flecken war. Das Knistern seiner Jacke dröhnte fast in ihren Ohren.

»Zum letzten Mal«, rief er und zielte mit der Pistole auf sie. »Siez mich nicht, sonst mach ich was mit dir, das du dein Leben lang nicht vergißt, und das ist ein Fakt. Hast du das verstanden?«

Sie nickte, denn sie fand ihre Stimme nicht.

»Du sollst mit mir reden, bist du taub?« Seine Hand

schnellte nach vorn, und er schlug ihr wieder auf den Kopf. »Red!«

»Bist ... bist du Linkshänder, Henn... Henning?« Sie sah, wie ihr Bauch flatterte, sie konnte nicht wegsehen. Als sie die Augen hob, bemerkte sie, daß auch er ihren Bauch anstarrte.

»Geht doch.« Er gaffte ihren vibrierenden Bauch an. »Hab ich mir gleich gedacht: Eigentlich wenig Bauch für einen Bauchtanz. Die waren alle so wie du, das weiß ich noch, die andern Frauen aus dem Kurs. Ich hab mir gedacht ...«

»Jetzt weiß ich wieder«, sagte sie heiser.

»Du sollst mich nicht unterbrechen. Merk dir das, unterbrich mich nicht. Was weißt du wieder? Erinnerst du dich wieder? Drei Monate her oder vier. Ich bin oft im Giesinger Bahnhof, seit die neue Kneipe da ist. Ich hab dich gesehen und mir gedacht, die hat ein Ausschauen, da schaust jetzt noch eine Zeitlang hin, unauffällig.«

Ob er lächelte, konnte sie nicht erkennen, sein Mund zuckte, und er streckte den Bauch vor.

Sie durfte nicht still sein, sie mußte was sagen. Wenn sie still blieb, wäre alles vorbei. Dann dachte sie an Roland und an das knackende Geräusch, als der Einbrecher ihm ins Gesicht geschlagen hatte. Etwas knackte, und Roland spuckte aus, und sie wußte sofort, daß es Zähne waren. Das Knacken. Und der Einbrecher. Als wäre das alles eine Wiederholung, um sie zu bestrafen, weil sie im Haus am See nichts getan und nichts gesagt hatte, weil sie bloß stumm dagestanden und zugesehen hatte, weil sie nicht geschrien hatte und nicht in die Küche gelaufen war und ein Messer geholt hatte. Weil sie alles falsch gemacht hatte. Weil sie Schuld am Tod ihrer Eltern hatte. Weil sie ein Feigling gewesen war und immer noch ein Feigling war.

Sie lag bloß da und tat nichts und sagte nichts und ließ zu, daß ihr Freund, der in der Alptraumzeit zu ihr gehalten und ihr Geschichten vorgelesen und ihr auf der Gitarre vorgespielt hatte, mißhandelt und geschlagen wurde. Weil sie eine dumme Kuh war, weil sie das Fenster offengelassen hatte. Weil niemand dümmer war als sie. Weil sie alles, was geschah, verdient hatte.

»Was war da los mit deinen Alten?« fragte Henning.

»Sie sind tot«, sagte sie und schmatzte und schämte sich dafür.

»Und wer ist der Typ am Telefon? Red schneller.«

»Ein Kommissar. Er hat die Mörder meiner Eltern ins Gefängnis gebracht.«

»Guter Mann.« Henning klopfte mit den Knien gegen ihre Beine. »Und was macht der hier?«

»Weiß ich nicht.«

»Hast du Polizeischutz?«

»Ich?«

»Für den Fall, daß die Killer wiederkommen.«

»Die sind im Gefängnis. Warum sollten die denn wiederkommen?« Vor Durst hatte sie Halsschmerzen beim Sprechen.

»Bei den Psychos kann man nie wissen, die wollen dich vielleicht auch noch umnieten. Gings um Geld?«

»Nein.«

»Worum dann?«

»Um nichts. Es ging um gar nichts. Sie haben meine Eltern erschlagen, weil sie betrunken waren.«

»Ich bin auch betrunken«, sagte Henning. »Aber erschlag ich dich? Grüß Gott?«

»Du hast meinen Freund geschlagen.« Sie wollte nur weiterreden und nicht mehr damit aufhören. Und sie wollte nicht darüber nachdenken, warum ausgerechnet der

Kommissar am Telefon gewesen war. Sie hoffte, er würde noch einmal anrufen. Sie hoffte es, aber sie wollte nicht daran denken.

»Selber schuld«, sagte Henning. »Dein Freund stört hier, ich will allein mit dir sein, ich will …«

»Warum denn?« sagte sie. »Warum willst du allein mit mir sein?«

»Du sollst mich nicht unterbrechen. Ich will allein mit dir sein. Endlich mal. Ich brauch das heut nacht. Das ist nämlich eine besondere Nacht. Deswegen brauch ich auch das Geld. Wegen der besonderen Nacht. Verstehst? Hunderttausend. Nicht zweihunderttausend. Reicht schon.«

»Tust du mir weh?«

»Was tu ich?« Er hatte nicht zugehört. Draußen auf der Straße waren Stimmen zu hören, ständig fuhren Autos vor und wieder ab.

»Die Kavallerie rückt an«, sagte er.

»Wer?«

»Die Kavallerie. Dein Freund, der Bulle, hat Verstärkung geholt. Sehr gut.«

»Henning?« Denk nicht, dachte sie, rede, rede und sieh ihm ins Gesicht und achte nicht auf sein Gewicht auf deinen Beinen, rede, rede.

»Geht doch, deine Erinnerung funktioniert wieder. Was ist, Silvi?«

»Was hast du mit dem Geld vor?«

»Geht dich das was an?«

»Woher hast du gewußt, wo ich wohn?«

»Bin dir nachgegangen, ein paar Mal, nach deinem Kurs. Dir und deinem fliegenden Roland.«

Wieder hatte sie den Eindruck, er würde lächeln, oder grinsen. Aber sie wollte nicht auf seinen Mund schauen.

»Und wenn das Fenster nicht offen gewesen wär', hättest du dann geklingelt?«

»Später vielleicht.«

»Wann denn später?«

»Wenn dein Freund wieder weg ist.«

»Er heißt Roland.«

»Weiß ich doch. Er geht immer nach Hause, weiß ich alles. Aber dann seh ich, das Fenster ist offen, denk ich: Das wird eine Überraschung. Und das wars ja auch.«

»Warum heute, Henning?« sagte sie, weil ihr eingefallen war, daß man, wenn man ihn weiß, den Namen des Angreifers sagen soll.

»Hab ich dir doch erklärt: Weil heut eine besondere Nacht ist.«

In diesem Moment wurde es taghell auf der Straße. Durch den Vorhang fiel helles, unwirkliches Licht, und die Stimmen draußen wurden lauter.

»Henning?« sagte sie wieder.

Er kratzte sich mit der linken Hand, in der er die Pistole hielt, am Bauch, drehte sich um, sah zum Fenster gegenüber dem Bett und warf den Kopf hin und her. »Was ist?« sagte er abwesend.

»Ich möcht gern was drüberziehen, ist das okay, Henning?«

Er schien sie nicht gehört zu haben. Halb von ihr abgewandt, ließ er das Fenster nicht aus den Augen. Dann stieg er mit einem Satz aus dem Bett, ließ das Magazin aus dem Griff gleiten, kontrollierte die Patronen und schob das Magazin wieder hinein.

»Was ist?« sagte er.

»Ich möcht' mir gern ein T-Shirt und eine Hose anziehen.«

»Lustig.«

Sie wußte nicht, was sie sagen sollte. »Bitte, Henning, mir ist kalt.«

»Mir auch«, sagte er und machte einen Schritt auf das Bett zu. »Mir ist auch kalt, deswegen bin ich hier. Weil du mußt dafür sorgen, daß die Kälte weggeht. Verstehst? Verstehst du das?«

»Wie denn, Henning? Wie soll ich dir die Kälte wegnehmen?« Sie versuchte, sich aufzurichten, aber ihre Hände waren so verkrampft, daß sie sie kaum bewegen konnte.

»Auf alle Fälle bleibst du, wie du bist. Das sieht gut aus, du schaust gut aus, Silvi.«

»Aber ich frier so.«

Er beugte sich zu ihr hinunter, packte sie unter den Achseln, hob sie hoch, drückte sie an sich und ließ sie wieder ins Bett fallen. Sie hatte nur einen eigentümlichen Geruch wahrgenommen, sonst nichts.

»Das muß langen«, sagte er.

Das Telefon klingelte wieder.

»Dann los«, sagte Henning und ging zum Tischchen neben der Tür.

»Was machst du?« sagte Silvia und stemmte sich in die Höhe. Die Umarmung hatte sie vollkommen verwirrt.

»Dein Kommissar will mich sprechen«, sagte er. »Da wett ich was, wetten?« Er wartete, bis der Anrufbeantworter begann.

»Hallo, ich bin grade nicht daheim ...«

Dann nahm er das schnurlose Telefon in die Hand.

»Hier Henning, wer da?«

»Hier spricht Jonas Vogel ...«

Henning hob den Daumen in Richtung des Bettes.

»Ich würde gern mit Frau Klages sprechen«, sagte Vogel.

»Nix da«, sagte Henning. »Ich bin hier der Wichtige.«

3

Mittwoch, 23.55 Uhr

Jonas Vogel sagte: »Wie geht es Frau Klages, Herr Henning?«

»Grüß Gott? Ich heiß Henning, das ist mein Vorname, also: Henning, nix Herr. Ich will Hunderttausend und ein Auto.«

»Was für ein Auto, Henning?«

Henning drückte das Telefon gegen seinen Bauch. »Er fragt, was ich für ein Auto möcht«, sagte er zu Silvia.

In dem Moment, als der Mann, an den sie sich nach wie vor nur vage aus der »Gleiswirtschaft« am Giesinger Bahnhof erinnern konnte, zum Telefon ging, hatte sie sich getraut, die Bettdecke vom Boden aufzuheben und sie um sich zu schlingen.

Jetzt hockte sie aufrecht im Bett und lehnte an der Wand. Ihr war kalt vor Angst. Doch je länger das Gespräch zwischen dem Einbrecher und dem Kommissar dauerte, desto stärker und beruhigender empfand sie die Veränderung, die in ihr vorging oder die sie sich einbildete. Sie war das nämlich nicht, die in der Nacht überfallen und von einem nach Rauch und Alkohol stinkenden Mann mit der Pistole bedroht wurde. Das war nicht sie. Sondern eine Darstellerin. Sie spielte bloß die Rolle einer nackten Frau in einer gespenstischen Nacht. Alles, was geschah, gehörte zu einem Schauspiel, in Wahrheit hatte sie nichts zu befürchten. Sie hatte keine Todesangst, sie simulierte sie nur, und sie durfte auf keinen Fall aus der Rolle fallen, das wäre unprofessionell und vor ihrem Mitspieler eine Schande. Solange sie spielte, passierte ihr nichts. Außerdem durfte sie nicht dauernd daran denken, sie mußte einfach ihren Text aufsagen und sich so verhalten, wie es ihrer Rolle entsprach, dann würde das Schauspiel wie am Schnürchen laufen und bald beendet sein.

Spiel, dachte sie, spiel weiter, du bist dran.

»Ein schnelles Auto«, sagte sie.

Henning stieß ein trockenes Lachen aus. »BMW Z4«, sagte er in den Hörer. »Schwarz metallic.«

»Ich möchte Frau Klages sprechen«, sagte Vogel. Neben ihm, schräg gegenüber dem Haus Nummer 3, standen sein Sohn und dessen Kollegin Yvonne Papst. Außer ihnen hielt sich niemand in der Forsterstraße auf, die Polizisten hatten die Zufahrtsstraßen gesperrt und warteten auf weitere Befehle, die nur Ludger Endres, der Leiter der Mordkommission, geben konnte. Er mußte jeden Moment eintreffen.

»Frau Klages ist verhindert«, sagte Henning ins Telefon.

»Ist sie verletzt?«

»Nein.«

»Warum ist sie dann verhindert?«

»Sie sind von der Mordkommission, hab ich gehört. Ich bin kein Mörder, Sie sind verkehrt am Platz.«

»Die Mordkommission ist zuständig für Geiselnahmen«, sagte Vogel.

»Klingt drastisch: Geiselnahme«, sagte Henning. »Aber: Stimmt wahrscheinlich. Ist mein Geld unterwegs? Und die Kiste?«

»Sie haben Glück, Henning, der Freund von Frau Klages ist außer Lebensgefahr.«

»Der war nie in Lebensgefahr. Ich hab dem eine reingehauen, oder zwei, dann ist er umgefallen. Wenn der erzählt, daß ich ihn umbringen wollt, verklag ich ihn.«

»Wegen was?«

»Was?«

»Wegen was wollen Sie den Mann verklagen?«

»Wegen Verleumdung natürlich.« Henning preßte das Telefon wieder gegen seinen Pullover und machte einen Schritt auf das Bett zu. »Mach ich nicht, Silvi, keine Panik. Will nur den Kommissar bei Laune halten. Alles gut?«

Sie nickte. Das gelang ihr perfekt. Sie nickte ein zweites Mal.

»Sehr gut.« Aus Versehen hatte Henning schon wieder in den Hörer gesprochen.

»Was ist sehr gut?« fragte Vogel.

»Alles. Geld da? Kiste da?«

»Woher wissen Sie, daß ich von der Mordkommission bin?« Nicht nur Vogel, auch Max und Yvonne Papst hofften, er könnte den Geiselnehmer so lange wie möglich in der Leitung halten. Vielleicht würde der Mann zur Vernunft kommen, oder Silvia Klages fände eine Gelegenheit zur Flucht.

»Hat Silvi mir erzählt. Sie haben die Killer ihrer Eltern verknackt.«

»Verknackt hat sie der Richter, ich habe sie festgenommen.«

»Und überführt, großer Meister.«

»Und überführt«, sagte Vogel. »Woher kennen Sie Frau Klages?«

»Ist das irgendwie wichtig?«

»Um diese Zeit hunderttausend Euro aufzutreiben, ist schwer. Wahrscheinlich müssen wir bis zum Morgen warten.«

»Ich hab Zeit«, sagte Henning und nickte Silvia zu. Sie zog die Beine an den Körper und hätte beinah ihre Rolle vergessen.

»Das ist gut«, sagte Vogel. »Das Auto kriegen wir vermutlich schneller.«

»Ist ja auch ein schnelles Auto.« Begeistert von seiner launigen Bemerkung hob Henning wieder den Daumen in Richtung Bett.

»Es wäre mir trotzdem lieber, wenn ich kurz mit Silvia sprechen könnte«, sagte Vogel.

Einige Sekunden herrschte Stille in der Leitung.

»Von mir aus«, sagte Henning, ging zum Bett und hielt Silvia das Telefon ans Ohr. »Sag servus.«

»Hier ist Silvia«, sagte sie und räusperte sich. »Entschuldigung. Herr Vogel?«

»Ja. Sind Sie verletzt?«

»Nein ... ich bin nicht verletzt, ich bin ...«

»Paßt schon, Genosse Vogel.« Henning ging mit dem Telefon zurück zur Tür. »Wir warten jetzt alle auf mein Geld und meinen Z3, und bis dahin genießen wir das Schweigen der Lämmer.« Er unterbrach die Verbindung.

Vogel war nicht entgangen, daß Henning die Autotypen verwechselt hatte, er hatte ihn absichtlich nicht korrigiert.

Ungeduldig kaute Max auf den Lippen. »Und? Was machen wir? Was ist dein Eindruck?«

»Er ist unberechenbar«, sagte Vogel.

»Das sind Geiselnehmer immer«, sagte die achtundzwanzigjährige Yvonne Papst, die Max vom K112 in die Mordkommission mitgebracht hatte.

»Nein.« Vogel neigte sich zur Seite und tastete nach Roderich. Sofort richtete der Hund sich auf. »Viele Geiselnehmer sind leicht berechenbar, das macht sie natürlich nicht weniger gefährlich. Henning weiß nicht, was er will. Was hat der Nachbar dir erzählt?« Er wandte sich an seinen Sohn.

»Der Nachbar kennt Henning aus der Bahnhofswirtschaft«, sagte Max. »Und er hat ihn gestern und vorgestern hier rumschleichen sehen, offensichtlich kundschaftete er das Haus aus. Ganz sicher ist sich der Nachbar aber nicht. Er ist betrunken, und der Mann, den er gesehen haben will, trug eine Kapuzenjacke, der Nachbar hat also das Gesicht kaum gesehen. Er hatte nur so einen Eindruck.«

»Kennt der Nachbar Silvia Klages?« fragte Vogel.

»Flüchtig. Er will sie und Henning in der Gleiswirtschaft zusammen gesehen haben, am Tresen. Aber auch da ist er sich nicht sicher. Er glaubt aber schon.«

»Zuverlässiger Zeuge«, sagte Yvonne.

Vogel klopfte mit dem Stock auf den Boden. »Ich gehe rein, ich laß mich gegen die Frau austauschen. Ich bin nicht mehr im Dienst, ich darf das.«

Max hatte gerade zu den Polizisten gesehen, die auf der Bad Dürkheimer Straße ein Fahrzeug heranwinkten, und überlegt, wie er seinem Vorgesetzten erklären sollte, daß nicht er, sondern sein Vater mit dem Geiselnehmer gesprochen hatte. Mit einem Ruck drehte er den Kopf, und noch bevor er ein Wort hervorbrachte, ließ die Ahnung von dem, was auf ihn zukam, sein Gesicht erröten. Er spürte die Hitzeschicht unter der Haut und schämte sich sofort dafür. Und er schaffte es nicht, seine Stimme zu zügeln.

»Du darfst das nicht!« schrie er. »Wenn du das machst, leg ich dir Handschellen an. Handschellen, und ich führ dich ab. Ich führ dich ab!«

Max sah die Blicke, die im weißen Halogenlicht auf ihn

gerichtet waren, und ballte die Faust. Er hob den Arm, als wolle er zuschlagen, dabei wußte er nur nicht, wohin mit seinen Händen und mit seinen Gedanken, die wie das Blut in ihm pulsierten und aus ihm heraus wollten. Es kam ihm vor, als habe er in Gegenwart der Kollegen, die ihn anstarrten, sämtliche Worte vergessen, die wichtig und angemessen wären. Er ballte die Faust, sah unbeholfen zu Yvonne und wischte sich mit der anderen Hand über die Augen. Und die ganze Zeit mußte er an seine Mutter denken.

Er dachte an sie, weil er nicht wegen sich selbst über die Worte seines Vaters erschrocken war. Ihn selbst hatten die Worte nur aus einer Überlegung gerissen, aber schon im nächsten Moment hatte er begriffen, daß sein Vater jede Silbe ernst meinte und seine Mutter, wenn sie erfuhr, in welche Lage sich ihr Mann freiwillig begeben hatte, vor Verzweiflung in einen inneren Abgrund stürzen würde. Seit der Erblindung von Jonas balancierte sie am Rand dieses Abgrunds entlang, sie zwang sich, ruhig zu erscheinen, aber sie war nicht ruhig. Sie schaffte es, bis zum Nachmittag kein Glas anzurühren, aber dann setzte sie sich mit der Cognacflasche und einem Glas ins Wohnzimmer und prostete zum Fenster hinaus und trank bis zum Abend drei oder vier Gläser. Und wenn Katrin, die im Probenraum im Keller ihre Songs einstudierte, sie ausschimpfte und ihr die Flasche und das Glas wegnahm, zog sie ihren Mantel an und lief durchs Viertel und kehrte manchmal im »Wang's« ein und bestellte ein Bier, und nicht nur eines. Wenn er, Max, ihr mitteilen würde, sein Vater habe sich in die Hände eines unberechenbaren Geiselnehmers begeben, dann würde sie vermutlich zuerst laut lachen und dann nie wieder ein Wort sprechen, weder mit ihm noch mit ihrem Mann.

Daran hatte Max keinen Zweifel. Das wäre das Ende der Familie Vogel, das Ende ihres gemeinsamen Lebens, das Ende von allem, was sie sich im Haus mit der blauen, schmiedeeisernen Tür und den orangefarbenen Fensterläden aufgebaut hatten. Und da wäre niemand, der Esther Vogel trösten könnte, kein Mann, kein Mensch, kein Hund.

Sie würde in den Abgrund stürzen, und wenn sie alle sehr viel Glück hatten, würde Esthers Sturz in einem Krankenhaus, in einer Entzugsklinik, von guten Spezialisten halbwegs aufgefangen werden, und nach einigen Monaten wäre sie vielleicht fähig, wieder morgens aufzustehen und die Gläser im Schrank zu lassen und vor dem Wohnzimmerfenster den Tag zu erkennen und nicht nur die Nacht.

Weil ihn das Bild seiner Mutter, wie sie vor ihm im Flur stand, irgendwann am frühen Morgen, mit einem Blick aus tausend Scherben, in einen Zustand nie gekannter Hysterie hineintrieb, rannte Max quer über die Forsterstraße, bis zum Bürgersteig vor dem Haus Nummer 3 und wieder zurück und noch einmal bis zum Haus und dann geradeaus weiter bis zur Kreuzung, wo ein silbergraues Auto anhielt, aus dem sein Vorgesetzter stieg, den er aber nicht wahrnahm, weil er sich schon wieder umgedreht hatte und auf seinen Vater zustürzte.

Was er tat, war lächerlich, das wußte er genau, aber das, was sein Vater tun wollte, war der brutalste Witz der Welt, und den würde er nicht erlauben, den durfte er nicht erlauben, den mußte er mit allen Mitteln verhindern, beim Leben seiner Mutter, beim Leben der ganzen Familie.

»Was du vorhast, ist der brutalste Witz der Welt«, schrie er. »Willst du Mama umbringen? Willst du, daß sie sich zu Tode säuft? Ist dir alles egal? Du bist blind! Du bist kein Polizist mehr. Du bist verrückt. Du bist kaputt im Kopf.«

Keine Handbreit trennte die beiden Gesichter voneinander. Mit offenem Mund stand Max vor seinem Vater, von Zorn durchtost wie ein Kind. Und Jonas Vogel strich ihm über den Kopf wie einem Kind. Und so blieben sie stehen, bis Ludger Endres zu ihnen kam und ihnen mitteilte, daß Katrin Vogel in Arrest genommen worden sei.

Donnerstag, 22. Juni, 0.20 Uhr

Sie hatten sie in eine Zelle des Polizeipräsidiums in der Ettstraße gesperrt und als ihre Mutter eintraf, wieder herausgelassen. Danach saßen die beiden Frauen auf einer Bank im Flur und warteten, daß ein Polizist ihnen erlaubte zu gehen. In den Büros rechts und links des Flurs schien aber niemand zu sein, kein Wunder um diese Zeit. Die zwei Uniformierten, die Esther Vogel in Ramersdorf abgeholt hatten, waren verschwunden, und der ältere Beamte, der sie wortlos zur Zelle und anschließend gemeinsam mit Katrin ebenso wortlos in den zweiten Stock begleitet hatte, war nicht wieder aufgetaucht.

Auch Mutter und Tochter hatten außer bei der Begrüßung noch kein Wort gewechselt. Sie saßen nebeneinander, die Hände im Schoß, mit zusammengekniffenen Mündern.

Dann sagte Esther Vogel: »Möchtest du einen Schokokeks?«

»Nein«, sagte Katrin. Sie lehnte sich zurück und steckte die Hände in die Taschen ihrer Lederjacke. »Hätt ich mich nicht wehren sollen?«

Esther sah ihre Tochter nicht an, sie starrte auf den hellen Boden und dachte an lauter Dinge gleichzeitig. »Ich weiß gar nicht, was passiert ist. Ich hab so fest geschlafen.«

»Nichts ist passiert.« Angewidert verzog Katrin das Gesicht. »Wir waren im Grünen Eck, Tom und ich, wir haben Ingo gefragt, ob's ihm was ausmacht, wenn wir zwei, drei Songs spielen, nicht laut, Tom am Klavier, ich auf der Gitarre, ohne Gesang, statt der dämlichen Radiomusik. Ingo hatte nichts dagegen, also haben wir gespielt. Keine zehn Minuten später stehen die Bullen in der Tür, die Nachbarn hätten sich beschwert. Wir haben gesagt, alles okay, wir hören gleich auf. Sie sind abgezogen, und wir haben weitergespielt. Dann sind sie wiedergekommen. Ich hab gesagt, ich spiel, wenn ich Lust hab. Und so weiter. Kommt der eine Bulle her und will mich anfassen, hab ich ihn weggeschubst. Greift der zur Pistole! Das mußt du dir vorstellen, Mama. Der Typ will die Pistole ziehen, nur weil ich ihn weggeschubst hab. Dann ist der andere ausgerastet und hat uns beschimpft. Und Tom hat extra laut in die Tasten gehauen. Und als wir gehen wollten, weil uns die ganze Diskussion angenervt hat, wollten sie uns festhalten, die beiden Jungbullen. Ich laß mich nicht festhalten, schon gar nicht von so einem Jungbullen. Auf einmal waren sie zu sechst. Wenn Tom mich nicht zurückgehalten hätte, wäre ich ausgerastet. Sie haben mich mit Handschellen gefesselt.«

»Das glaub ich nicht«, sagte Esther erschrocken.

»Halb so wild.« Katrin zog die Hände aus den Taschen und hielt ihre Handgelenke hoch. »Da sind noch die Abdrücke. Schau nicht so, Mama. Ich wollt immer schon mal in so einer Zelle übernachten. Du hättst nicht extra kommen müssen. Aber ist schön, daß du da bist.« Sie strich ihrer Mutter über die Hände.

»Das hätte schlimm ausgehen können.« Esther bekam ihren Blick nicht vom Boden weg. »Weißt du, wo dein Bruder ist? Und dein Vater?«

»Bitte? Woher soll ich das wissen? Sind die nicht zu Hause?«

Esther schüttelte den Kopf und seufzte und zog die Schultern hoch.

»Papa ist nicht zu Hause?« fragte Katrin.

»Nein.«

»Und Max auch nicht?«

»Nein.«

»Wenn der Bulle wiederkommt, fragen wir ihn, ob Max einen Einsatz hat.«

»Sag nicht Bulle.«

»Was ist los mit dir, Mama?« Sie wartete, bis ihre Mutter sie ansah. »Du siehst so müde aus. Und du hast Ringe unter den Augen. Wo soll Papa denn sein?«

»Im Bett ist er nicht«, sagte Esther Vogel laut. Dann wandte sie den Kopf ab. »Er ist mit Max zum Chinesen gegangen«, sagte sie mit gedämpfter Stimme. »Und dann hab ich gehört, wie die Tür ging. Und dann hab ich gewartet. Max ist in sein Zimmer verschwunden, und dann hat sein Handy geklingelt. Und bevor er wieder das Haus verlassen hat, hab ich meinen Morgenmantel angezogen und bin in die Küche und hab ihn gefragt, wo sein Vater ist. Er hat gesagt, sein Vater wollte noch eine Runde mit dem Hund gehen. Und dann ist Max weg. Und als die Polizisten kamen, war Jonas immer noch nicht da. Immer noch nicht da.«

»Du hast wieder getrunken, Mama.« Katrin beugte sich zu ihr, aber Esther rückte von ihr weg.

»Ich kann trinken, soviel ich will, wenn's mir dann besser geht. Was ist denn? Wieso meldet sich niemand bei mir? Und du sitzt auch noch im Gefängnis. Könnt ihr alle nicht normal leben? Reicht das alles noch nicht, daß dein Vater blind geworden ist und seinen Job verloren hat und den ganzen Tag unterwegs ist und immer noch Fälle lösen will. Ist das alles nicht schlimm genug? Mitten in der Nacht geht der spazieren mit dem Hund! Das war ein Fehler von mir, ich hätte ihm den Hund nicht aufdrängen sollen, das war dumm von mir. Dumm war das von mir, ganz dumm. Ohne den Hund würde er zu Hause bleiben und nicht dauernd durch die Stadt rennen, als würde er noch sehen können.«

Sie kratzte sich an der Hand und sah Katrin an, und die Tochter erschrak über den fremden Blick ihrer Mutter.

»Dein Vater haßt mich, Katrin. Er hat beschlossen, mich zu hassen, weil ich seinen Beruf nie geschätzt habe. Aber das stimmt nicht. Das stimmt nicht. Ich habe seinen Beruf geschätzt, nur nicht dauernd. Nur nicht immer, das weißt du, Katrin. So einen Beruf kann man nicht dauernd schätzen, das geht über alle Kräfte. So viele Kräfte hat keine Frau. Seit er blind ist, berührt er mich nicht mehr. Ich weiß schon, das ist nicht der Ort hier, um über so etwas zu reden, aber wir sitzen eh nur rum und warten auf nichts und niemand weiß, was noch alles passiert in dieser Nacht. Er rührt mich nicht mehr an, Katrin, er liegt im Bett, auf dem Rücken, und er verschränkt die Arme im Liegen. So, als wolle er demonstrieren, daß man ihn ja nicht anlangen soll. So liegt dein Vater da und ist ganz für sich, ganz eingegraben in sich. Aber ich liege auch da, Katrin, ich liege direkt neben ihm, unsere Schultern berühren sich, und nichts passiert. Ich bin nicht mehr da für deinen Vater. Er sieht mich nicht mehr, er berührt mich nicht mehr, er ist in seiner Welt und ich bin in meiner, und wir alle. Du auch. Mit dir redet er wenigstens noch, oder er hört dir zu, wenn du Musik machst. Da bin ich froh. Und mit Max geht er zum Chinesen, und dann trinken sie wie früher und streiten sich und versöhnen sich und gehen zusammen nach Hause. Wie früher. Und ich sitz da und schau vor mich hin. Ich wollte ihm helfen mit dem Hund, ich habe gedacht, mit dem Hund fühlt er sich sicherer, und er ist nicht so allein. Das war ein Fehler. Ohne den Hund wäre ich nicht so allein. Glaubst du nicht auch? Der Hund hat meinen Platz eingenommen. Das ist gemein, finde ich. Aber ich bin selber schuld. Man ist doch immer selber schuld, wenn man zurückgelassen wird. Das ist so, Katrin. Hoffentlich ist ihm nichts zugestoßen.«

Die Glastür am Ende des Flurs wurde geöffnet. Der ältere Beamte, der sie hergebracht hatte, kam mit schnellen Schritten näher.

Katrin legte den Arm um die Schulter ihrer Mutter, die reglos dasaß und wieder den Boden anstarrte.

»Ein Anruf für Sie«, sagte der Polizist zu Katrin und hielt ihr ein Handy hin.

»Ja?« sagte sie ins Telefon. Vor Schreck über das, was ihr Bruder ihr mitteilte, sprang sie auf und lief den Flur hinunter.

4

Donnerstag, 0.30 Uhr

»Du kennst die Geschichte der Frau Klages«, sagte Jonas Vogel.

»Diese Geschichte und deine Geschichte«, sagte Ludger Endres mit erhobenem Zeigefinger, »haben nichts mehr miteinander zu tun. Und jetzt bitte ich dich zum dritten Mal, nach Hause zu gehen.«

»Diese Frau«, sagte Vogel, »wird diese Nacht nicht überstehen. Sie mußte zusehen, wie ihre Eltern von einem Einbrecher wie Viehzeug erschlagen wurden, und sie wird Henning dazu bringen, sie zu erschießen, wenn wir sie nicht davor bewahren. Sie ist seit zwei Stunden in seiner Gewalt, das Ausmaß ihres Alptraums können wir uns überhaupt nicht vorstellen.«

Endres sah auf die Uhr. »Du bist kein Erlöser, Jonas, du bist ein erblindeter Exkriminalist. Entschuldige, ich hab hier einen Einsatz zu leiten. Das Mobile Einsatzkommando ist unterwegs, und ich möchte den Kollegen klare Anweisungen geben können. Verlaß also endgültig die gesperrte Zone.«

»Nein«, sagte Vogel.

»Geh weg, Papa«, sagte Max. »Du hast keine Befugnisse mehr.«

»Du hast die Stimme der Frau nicht gehört, Maxl. Sie hat nicht viel gesagt, nur ein paar Worte, aber es waren gebrochene Worte. Solche Worte sagt man, wenn man weiß, daß es keine anderen mehr geben wird.«

»Das ist doch Einbildung.« Wütend tippte Max sich an die Stirn und wußte wieder nicht, wohin mit seinem Unvermögen. Fast hätte er in seiner Not Endres um Rat gefragt, aber das verbot er sich.

Mit neununddreißig Jahren war Ludger Endres der jüngste Kommissariatsleiter Bayerns, und als Vogel ihn als seinen Nachfolger vorschlug, erntete er bei den Kollegen Zustimmung oder zumindest Wohlwollen, außer bei Max. Der hielt Endres für selbstgefällig und ungeeignet, ein Team zu führen.

»Hör auf deinen Sohn«, sagte Endres zu Vogel. »Ein Geiselaustausch. Bist du betrunken? Wer hat hier eigentlich so eine Fahne?« Er sah Yvonne an, die sich im Hintergrund hielt, weil sie nicht wußte, warum Max sie überhaupt herbestellt hatte. Was Vogel über die Geisel gesagt hatte, beunruhigte sie.

»Ich hab nichts getrunken«, sagte sie.

Vogel griff nach dem Arm seines Sohnes. »Ruf die Festnetznummer an, sag Henning, daß ich es bin, der gleich an der Tür klingelt und daß er keine Angst zu haben braucht. Und los, Roderich!«

Sofort wuchtete der Bobtail sich auf die Beine, schwankte, als pendele ein bleiernes Gewicht in ihm, und schmiegte sich an die Beine seines Richtungsweisers.

»Wenn du das machst ...«, sagte Max. Es klang unbeholfen.

Sogar Endres warf Yvonne einen hilfesuchenden Blick zu. Und von sich selbst am meisten überrascht rief sie: »Bleib hier, Jonas! Das ist lebensmüde, was du vorhast. Du sollst stehenbleiben!«

Nicht nur die Neugierigen an den Absperrgittern drängten nach vorn, auch die Polizisten reckten die Hälse und trauten ihren Augen nicht. Das Getuschel verstummte. Wie ein unpassender Rhythmus zum Stimmenrauschen aus den Sprechfunkgeräten klackte der Aluminiumstock über den Asphalt, den Jonas Vogel in der Rechten umklammerte, während die Fingerkuppen seiner linken Hand das Hundefell berührten. Er ging bis zum grauen Lattenzaun, der auf einer niedrigen Steinmauer das Grundstück begrenzte. Die Gartentür stand halb offen. Vogel horchte. Sein Sohn telefonierte nicht.

Wie in einer leeren Landschaft ausgesetzt, standen Endres, Max und Yvonne fassungslos nebeneinander und brachten kein Wort hervor. Jeder von ihnen wußte, daß sie, wenn ihr ehemaliger Vorgesetzter, der jetzt schwerbehindert war, in dem Haus mit den braunen Fensterläden verschwinden würde, die Verantwortung für die gespenstischste und unverzeihlichste Polizeiaktion ihrer Karriere trugen und daß sie, auch wenn Vogel lebend wieder herauskäme, mit einer dienstlichen Degradierung oder im schlimmsten Fall mit ihrer Suspendierung rechnen mußten. Wie sollten sie ihre Unfähigkeit, einen erblindeten Exkollegen von einem Himmelsfahrtskommando abzuhalten, jemals rechtfertigen?

Und sie wußten, daß es sich bei dem, was Vogel vorhatte, nicht um ein Himmelfahrtskommando handelte, sondern um den, alle Regeln besonnener polizeilicher Deeskalationsstrategie karikierenden Horrortrip eines Mannes, der nicht nur mit seinem Leben spielte, sondern auch mit dem der Geisel und der Polizisten.

»Er ist verrückt geworden«, sagte Max und biß sich so fest auf die Lippen, daß er zusammenzuckte.

»Jonas!« schrie Endres.

Doch Jonas Vogel tastete nach dem Kopf des Hundes,

klopfte mit dem Stock aufs Pflaster, streckte die linke Hand zur Gartentür aus, wandte noch einmal den Kopf, als wolle er einen letzten Blick auf die entsetzten Gesichter werfen und ging auf die Haustür mit den gelben Milchglaswänden neben der Steintreppe zu.

»Du wartest draußen, Roderich«, sagte er. »Leg dich an die Hauswand und hab keine Angst.«

Der Hund gab einen Seufzer von sich und zauderte.

»Ich komm wieder«, sagte Vogel. »Wer sollte dich denn sonst durch die Stadt führen?«

Roderich stieß ein dunkles Bellen aus. Dann trabte er zur Hauswand, schüttelte sich und plumpste ins Gras.

»Besser wäre, ich würde was sehen.« Vogel schlug die Stockspitze gegen die Stufen und tastete sich am Geländer hinauf. »Aber dann wäre ich nicht hier und könnte der Frau nicht helfen. So ist das, mein Freund.« Er wischte mit der flachen Hand über die Tür. »Und nun beginnt die Phase der Entblößung. Zeig dich.«

Er drückte auf die untere der beiden Klingeln. Nichts geschah.

5

Donnerstag, 0.48 Uhr

Max schlug Endres gegen die Schulter. »Tu doch was«, rief er. »Hol ihn zurück. Tu was, du Chef!«

Der Hauptkommissar war unfähig, etwas zu tun. Er wußte, er sollte loslaufen und Vogel zurückholen. Aber er lief nicht los, und er begriff nicht, warum. Statt dessen hob er die Hände und hielt sie flach in die Höhe, als weise er jede Verantwortung von sich. Aber das war nicht seine Absicht. Er war der Einsatzleiter. Auf ihn waren alle Augen gerichtet. Und die Kameras und Fotoapparate.

»Ich hol ihn zurück«, sagte Yvonne.

Und als würde sie bereits loslaufen, packte Max sie am Arm und hielt sie fest.

»Bleib bloß da! Der Kerl ist bewaffnet, der schießt aus dem Fenster, wenn er dich sieht.« Warum er das sagte, wußte er nicht. Vermutlich sagte er es, weil er Angst hatte. Um Yvonne, um seinen Vater, um seine Mutter, um alles hatte er Angst. Um die Geisel, deren Geschichte er nur ungefähr kannte. Auch um sich selbst hatte er Angst. Er hatte Angst, der Kerl würde schießen und seinen Vater töten. Und wenn er seinen Vater tötete, tötete er auch seine Mutter und seine Schwester und ihn selbst. So war das. Genau so.

»Papa!« schrie Max so laut, wie er noch nie geschrien hatte. »Papa, komm zurück!«

»Bald«, flüsterte Jonas Vogel und hörte Schritte hinter der Tür.

Donnerstag, 0.53 Uhr

Einen Moment hatte Henning überlegt, durch die Tür zu schießen. Dann entschied er sich dagegen.

»Keine Munition vergeuden«, sagte er zu Silvia, die er von hinten umklammerte. Er schob sie von der Wohnzimmertür, neben der er mit vorgehaltener Pistole das viermalige Klingeln abgewartet hatte, zur Haustür. Bevor er sich schräg vor die Tür stellte, drückte er den Lauf der Pistole gegen Silvias Hinterkopf. Sie duckte sich vor Schmerz, wagte aber nicht, einen Laut von sich zu geben. Wie es ihre Rolle erforderte.

»Wer ist da draußen?« rief Henning.

»Hier ist Jonas Vogel, ich möchte Ihnen einen Vorschlag machen, Henning.«

»Grüß Gott? Haben Sie sonst nichts zu tun in der Nacht? Abhauen!«

»Ich möchte, daß Sie mich als Geisel nehmen und Silvia freilassen.«

»Lustig.« Er drückte die Frau an sich, und sie schrie auf.

»Frau Klages?« sagte Vogel, das Gesicht nah am Türrahmen. »Wie geht es Ihnen?«

»Ihr geht's gut. Ist mein Geld da? Meine Kiste?«

»Ich möchte, daß Sie mich als Geisel nehmen«, wiederholte Vogel. »Hat Ihnen Silvia vom Schicksal ihrer Eltern erzählt? Dann wissen Sie, was sie erlitten hat, und Sie können sich vorstellen, was sie jetzt erleiden muß. Es muß ihr vorkommen, als würde sich das Schicksal ihrer Eltern bei ihr wiederholen. Das ist fürchterlich.«

»Hast du das Gefühl, ich bin das Schicksal von deinen Eltern?« fragte Henning und strich ihr von oben über den Busen und drückte seinen Arm wieder gegen ihren Hals.

Sie nickte mit geschlossenen Augen.

»Ja, stimmt«, sagte Henning zur Tür. »Ich bin die Wiederholung. Schon schlimm. Aber sie schafft das. Die Silvi ist topfit.«

»Nehmen Sie mich als Geisel, ich bin blind.«

»Was ist?« Henning brauchte eine Weile, bis er überzeugt war, daß der andere ihn nur austricksen wollte. »Schlechter Witz. Verzieh dich.«

Silvia ruckte und versuchte, seine Umklammerung zu lockern.

»Was soll das?« blaffte er.

»Er ist ...« Sie bekam kaum Luft. »Der Kommissar ist ... wirklich blind. Er hatte ... einen Unfall ...«

Henning ließ Silvia los, machte einen Schritt nach hinten und zielte auf sie. »Scheiß mich noch mal an, und ich drück ab. Ich drück ab und dann ergeb ich mich, weil's egal ist. Verstehst? Ich bring dich um. Ich laß mich nicht von dir anscheißen. Verstehst?«

»Ja«, sagte Silvia leise. »Aber das ... er ist wirklich ... wirklich blind. Wirklich.«

»Dann machen wir einen Test.« Mit einem Satz war Henning bei ihr, legte von hinten wieder den Arm um sie, drückte zu und ließ sich mit ihr gegen die Tür fallen. Sie schlug mit dem Kopf dagegen und schrie auf. Und bevor sie begriff, was er tat, nahm er ihre Hand und preßte sie auf die kalte Klinke. »In drei Sekunden bist du tot, wenn du mich angeschissen hast.«

Mit seiner Hand auf ihrer riß er die Tür auf, sprang mit

Silvia als Schutzschild zur Seite und hielt ihr die Pistole an den Kopf.

Auf der obersten Stufe stand ein Mann in einer Wildlederjacke. Die Arme hingen an ihm herunter, in der rechten Hand hielt er einen grauen Stock. Seine blauen Augen blickten in die Wohnung. Die dunkelbraunen Haare waren kurz geschnitten, sein Gesicht war schmal und bartlos, sein Mund klein, sein Kinn spitz, seine ganze Erscheinung unauffällig.

»Aha«, sagte Henning. Dann, nach einer Pause: »Nähertreten.«

Vogel klopfte mit dem Stock auf den Boden. »Erst will ich wissen, wie es Ihnen geht, Frau Klages.«

Weil Silvia zu überrascht war, um zu antworten, drückte Henning ihr seinen Ellenbogen gegen die Brust. »Jetzt red. Sag: Gut geht's.«

»Gut geht's«, sagte sie mit schmerzverzerrtem Gesicht. Sie hatte sich geschämt, als die Tür aufflog. Aber dann war ihr wieder eingefallen, daß der Kommissar sie ja nicht sehen konnte.

»Lassen Sie Silvia jetzt gehen, Henning«, sagte Vogel.

Henning schleuderte die Frau auf den Boden und fuchtelte mit der Pistole vor Vogels Gesicht durch die Luft. Vogel stand reglos da. Henning grinste, streckte die Zunge heraus, schnitt Grimassen.

So leise sie konnte, kroch Silvia zur Wand, lehnte sich dagegen und zog die Beine eng an den Körper.

»Was für ein Unfall?« sagte Henning unvermittelt. Dann huschte er an dem Kommissar vorbei und warf die Tür ins Schloß. Er zielte auf den Kopf des Kommissars und bewegte sich vor ihm hin und her.

»Ich bin von einem Bagger überrollt worden«, sagte Vogel und stützte sich mit beiden Händen auf den Stock.

Er sah aus wie ein Spaziergänger, der eine Pause einlegte. »In einer Baugrube am Lenbachplatz. Der Sehnerv ist durchtrennt, ich werde nie wieder etwas sehen.«

»Aha.« Henning nickte, warf Silvia einen Blick zu und hielt wieder die Pistole hoch. »Und geht das dann im Job? So ein Tatort, der schaut doch aus, wie wollen Sie da was rausfinden?«

»Ich rieche und höre sehr gut.«

»Das wird nicht reichen.«

»Da haben Sie recht«, sagte Vogel und schätzte den Abstand zwischen ihm und dem Einbrecher. Er bedauerte, daß Silvia sich so still verhielt. Von der Wohnung hatte er noch keine Vorstellung. Es roch nach Zigaretten und Schweiß. »Ich bin nicht mehr im Dienst.«

»Entlassen? Der Staat hat Sie rausgeschmissen. So ist er.«

»Aber jetzt bin ich hier. Lassen Sie Silvia gehen.«

Henning streckte das Becken vor und wackelte mit dem Kopf. »Das geht nicht. Ich brauch die Frau. Sie können wieder gehen, Herr Kommissar. War nett gemeint, Sie sind ein Held, sehr tapfer. Haben Sie eigentlich einen Hund?«

»Liegt draußen«, sagte Vogel.

»Schäferhund?«

»Bobtail.«

»Sie haben einen Bobtail als Blindenhund?«

»Ja.«

»Sie sollen mich nicht anscheißen. Der Bobtail sieht doch selber nichts.«

»Das ist wahr. Ich hätte ihn auch nicht genommen, aber meine Frau wollte unbedingt, daß ich einen Hund habe. Und Roderichs Besitzerin war gerade gestorben, da habe ich ihn übernommen.«

»Roderich heißt der?«

»Roderich.«

»Und Sie sind Polizist?«

»Ich bin Mordermittler.«

»Sie waren Mordermittler.«

»Ja. Sie kriegen Ihr Geld und das Auto, und bis dahin bin ich Ihre Geisel.«

»Sie nützen mir nichts.«

»Warum nicht?«

»Weil ich die Frau brauch«, sagte Henning und wischte wieder mit der Pistole vor Vogels Augen hin und her. Vogel reagierte nicht, obwohl er die Bewegung registrierte.

»Wozu brauchen Sie die Frau, Henning?«

»Geht Sie nichts an.«

»Lassen Sie sie gehen, ich bin die bessere Geisel.«

»Was?« Henning beugte sich vor und starrte dem Kommissar in die Augen. »Blaßblau, astrein.«

»Bitte?«

»Ihre Augen, schauen aus wie echt.«

»Glauben Sie, ich habe zwei Glasaugen? Meine Augen sind echt, ich seh halt nur nichts mehr.«

»Ich seh halt nur nichts mehr.« Mit weit aufgerissenen Augen stolzierte Henning durch den Flur. Silvia umklammerte ihre Knie und zog die Schultern hoch. »Ich seh halt nur nichts mehr. Er sieht halt nur nichts mehr. Und traut sich in die Höhle des Löwen. Übrigens: ich hab eine Pistole. Das wissen Sie natürlich schon. Schönes Teil, tschechisch. Hat ein Tscheche beim Kartenspielen an mich verloren, samt Munition. Ich könnt was zu trinken vertragen. Gibt's Bier im Haus?«

Er zielte auf Silvia. Sie nickte und deutete mit dem Kopf in Richtung Küche.

»Lassen Sie Silvia aus der Wohnung«, sagte Vogel. »Dann trinken wir ein Bier und warten, bis das Geld und der BMW da sind.«

Henning zog seine Trainingshose hoch und rieb mit dem Pistolengriff über seinen Bauch. Die Jacke knisterte. »Wie war das? Sie sind die bessere Geisel? Hast du das gehört, Silvi? Der ist eingebildet, dein Kommissar. Du bist nicht so gut wie er, er ist die bessere Geisel.«

»Ich bin Polizist«, sagte Vogel und neigte sich unmerklich vor, um auf die Geräusche und den Schall in der Wohnung zu achten. »Mich greift niemand an. Das klingt sehr hart, Frau Klages, aber wenn der Einsatzleiter die Möglichkeiten eines Zugriffs erörtert, dann wird er alles tun, um die Geisel zu schützen. Aber wenn die Geisel ein Kollege ist, wird er einen Angriff lange Zeit überhaupt nicht erst in Erwägung ziehen. Lassen Sie Silvia endlich gehen, Henning.«

»Ich kann sie erschießen und behalt Sie trotzdem hier, großer Held.« Breitbeinig stand Henning zwischen den beiden im Flur, die Waffe im Anschlag.

»Sie sind doch kein Mörder«, sagte Vogel.

»Da wär ich mir nicht so sicher. Und jetzt hauen Sie ab.«

»Ich hau nicht ab.« Vogel klopfte mit dem Stock aufs Parkett und machte einen Schritt in Richtung Wohnzimmer.

»Stehenbleiben!« Henning ging zu ihm und baute sich vor ihm auf. »Ich muß Sie filzen, was dagegen?«

»Nein.«

Vogel trug die Jacke offen, und Henning griff in die Innen- und Außentaschen und umfaßte den Kommissar an der Hüfte. Daß er dabei die rechte Hand benutzte, war nicht schwer zu erraten. So wußte Vogel nun, daß der

Mann Linkshänder war, denn er würde seine Waffe niemals in der schwächeren Hand halten.

»Sie haben ja nicht mal ein Handy.«

»Ich besitze keins. Wenn ich mich verlaufen habe, kann ich niemandem am Telefon beschreiben, wo ich bin.«

Aus Versehen kicherte Silvia, sie hielt sich die Hand vor den Mund. Vogel schätzte den Abstand zu ihr auf etwa vier Meter.

Eine Minute lang war es still. Henning beobachtete den Kommissar aus zusammengekniffenen Augen, mit abgespreizten Armen, als wolle er unter allen Umständen eine Berührung mit seiner knisternden Jacke vermeiden. Er drehte den Kopf zu Silvia, die sich kaum zu atmen traute und hatte den Eindruck, draußen wäre es stiller als vorher. Doch dann hörte er das Hupen eines Autos und die aufgebrachte Stimme eines Mannes. Er überlegte, ob die Polizisten damit einverstanden gewesen waren, daß der Blinde ins Haus ging. Das kam ihm unwahrscheinlich vor.

Der Blinde ist stur, dachte Henning, und er traut sich was. Das gefiel ihm. Gleichzeitig flößte ihm der Blinde ein Unbehagen ein, das er nicht gebrauchen konnte. Aber er vergaß sein Unbehagen sofort wieder. Und als er die fast nackte Frau in der Ecke kauern sah, Silvi, die er einmal in ihrem Kurs beobachtet hatte und an die er seither denken mußte und mit der er ein Bier getrunken hatte, ohne daß sie sich an ihn erinnerte, Silvi, der er drei- oder viermal hinterhergegangen und in deren Wohnung er eingestiegen war und deren Freund er verprügelt hatte, Silvi, die keine Ahnung hatte, warum er das alles getan hatte und tat, Silvi, die garantiert dachte, daß er sie vergewaltigen und sonst was von ihr wollte, Silvi, die blasse Kindergärtnerin, Silvi, von der er eigentlich gar nichts wollte außer …

»Steh auf!« rief er, ohne sich von der Stelle zu bewegen. »Du sollst aufstehen.«

Langsam richtete Silvia sich auf. Sie verschränkte die Arme vor der Brust und preßte die Knie aneinander.

»Hau ab.« Henning fuchtelte mit der Pistole.

Silvia war wie gelähmt vor Unentschlossenheit.

»Hau ab.«

»Gehen Sie, Frau Klages«, sagte Vogel. »Ihr Freund wartet im Krankenhaus auf Sie. Wir sehen uns später.«

Sie bewegte sich nicht. Da ging Henning zu ihr, packte sie im Nacken wie eine Katze und zerrte sie zur Tür. »Verzieh dich. Sag deinem Freund, beim nächsten Mal kommt er nicht so gesund davon. Raus geht's.«

Er riß die Tür auf, blieb aber schräg dahinter, so daß er von draußen nicht zu sehen war, und versetzte Silvia einen Stoß. Im letzten Moment griff sie nach ihrer roten Lederhandtasche auf dem Flurschrank und hielt sie schützend vor ihren Busen.

Henning knallte die Tür hinter ihr zu, drehte den Schlüssel herum und sprang an Vogel vorbei, als befürchte er einen Angriff durch die geschlossene Tür.

Außer Atem lehnte Henning sich an den Türrahmen zum Wohnzimmer.

»Hab gar keine Scharfschützen bemerkt«, sagte er und kratzte sich wieder mit dem Pistolengriff den Bauch.

»Auch Scharfschützen schlafen«, sagte Vogel. »Sie müssen erst geweckt und hergebracht werden, das kann dauern.«

»Scheißbürokratie«, sagte Henning. »Jetzt gibt's Freibier.«

Als er auf dem Weg zur Küche an Vogel vorbeikam, der immer noch mitten im Flur stand, sagte er: »Blinde Geisel. Kann man nicht meckern.«

Donnerstag, 1.20 Uhr

»Da kommt Max«, sagte Katrin.

Sie wartete mit ihrer Mutter am Rand eines Pulks von Reportern in der Bad Dürkheimer Straße. Max drängte sich durch die Menge, die Polizisten am Absperrgitter grüßten ihn flüchtig.

»Ihr müßt nach Hause gehen«, sagte er und schob die beiden Frauen von den Journalisten weg. »Ich wollt dich nur informieren, Katrin, deswegen hättet ihr nicht gleich herkommen müssen.«

»Wo ist Jonas?« fragte Esther Vogel.

Max hatte sich vorgenommen, keine Sekunde mit der Antwort auf diese Frage zu zögern. Aber dann zögerte er doch.

»Hinten«, sagte er. »Er ist hinten bei den Kollegen. Er will nicht gehen. Er will einfach nicht.«

»Was tut er denn?« fragte Esther. »Der steht doch nur im Weg rum. Das ist doch wieder ganz dumm von ihm.«

»Geht nach Hause«, sagte Max. »Niemand weiß, wie lange die Sache hier dauern wird.«

»Der bringt's fertig und läßt sich gegen die Geisel austauschen«, sagte Esther. »So was bringt der fertig.«

»Das ist doch Unsinn, Mama«, sagte Katrin.

»Sowas Irres«, sagte Max und hoffte, es klänge überzeugend.

»Ihr kennt euren Vater nicht«, sagte Esther, und ihre Hand zitterte, als sie sich bei ihrer Tochter unterhakte.

6

Donnerstag, 1.45 Uhr

Jonas Vogel saß am Rand der Couch mit den geschwungenen Lehnen, die im selben Grauton gehalten war wie der Sessel, in dem Henning saß, die Pistole in der linken, die Bierflasche in der rechten Hand. Henning ließ den Kommissar, der seine Flasche auf den gelben niedrigen Tisch neben der Couch gestellt hatte, nicht aus den Augen. Nachdem er das Bier aus dem Kühlschrank geholt hatte, hatte er eine der Flaschen vor Vogels Gesicht hin und her geschwenkt und sie dann so gehalten, daß Vogel mehrmals ins Leere griff. Inzwischen trank er bereits die zweite Flasche, während Vogel seine erste nur bis zur Hälfte geleert hatte.

Sie saßen im Wohnzimmer, das zum Garten hinaus ging und durch dessen offenes Fenster Henning eingestiegen war.

»Jetzt sitzen wir da«, sagte Henning und prostete Vogel zu und trank einen Schluck und klopfte mit dem Pistolenlauf gegen den Flaschenhals.

»Wo wollen Sie hin?« fragte Vogel.

»Geht Sie das was an?«

»Sie bekommen hunderttausend Euro und ein schnelles Auto.«

»Krieg ich das?«

»Natürlich.«

»Spielt keine Rolle, oder?«

»Was spielt keine Rolle?« sagte Vogel. Er hatte seine Jacke anbehalten und die Beine übereinandergeschlagen. Zurückgelehnt saß er da, als wäre er entspannt und unbeschwert. Und in einem gewissen Sinn war er das auch, er wußte, es gab niemanden, der ihn verstand. Aber begriff er das, was er hier tat, selbst?

Er hatte keine Zeit zu sinnieren.

»Das Geld, die Kiste«, sagte Henning und blickte zum Fenster, das er geschlossen hatte, nachdem er eingestiegen war. »Zahlt der Staat, schadet niemand. Haben die Sie geschickt?«

»Wer?« Vogel hielt es für ein gutes Zeichen, daß der andere ihn nach wie vor siezte.

»Die da draußen, die Kavallerie.«

»Die Kavallerie ist vermutlich noch nicht da.«

Henning trank, verzog den Mund, machte ein hartes Gesicht und wippte mit dem rechten Bein. Eine Zeitlang hörte er nicht mehr auf damit. »Und wenn sie da ist, was passiert dann?«

»Sie werden Sie anrufen und fragen, wie es weitergehen soll.«

»Dann sag ich ihnen, wie's weitergeht. Es geht so weiter: Kiste fährt vor, Geld liegt drin, ich nehm Sie als Geisel mit raus, und wir hauen ab.«

»Dann müssen Sie eine zweite Geisel mitnehmen«, sagte Vogel.

»Wieso denn? Wen denn?«

»Roderich, meinen Hund. Er wird mich nicht allein weggehen lassen. Er wird sich an mich klammern, oder an Sie.«

»Dann knall ich ihn ab.«

»Sie erschießen keinen Hund, Henning.«

»Als Kind hab ich Katzen ertränkt und reihenweise Marder erschlagen. Ich knall Ihren Hund ab, schon deswegen, damit die merken, daß ich keinen Spaß hier mach.«

»Sie knallen meinen Hund nicht ab, Henning.«

»Ich knall ihn ab.«

»Sie knallen ihn nicht ab.«

»Ich knall ihn ab.«

»Sie können meinen Hund nicht abknallen.«

»Ich kann Ihren blöden Hund, der genauso blind ist wie Sie, nicht abknallen? Wieso nicht?«

»Sie können ihn nicht abknallen, weil in dem Moment, wo Sie die Waffe auf ihn richten, einer der Scharfschützen Sie abknallt.«

Die Bemerkung erschreckte Henning. Er starrte Vogel an, bis ihm bewußt wurde, daß der Kommissar seine Reaktion nicht wahrnehmen konnte. Erleichtert trank er einen Schluck und fuchtelte mit der Waffe. »Lustig. Dann nehm ich Ihren blöden Hund mit. Ich fürcht mich nicht vor Hunden.«

»Ich auch nicht, nur vor manchen Hundebesitzern.«

Henning stellte fest, daß die Flasche leer war, er setzte sie trotzdem an den Mund und schüttelte sie. Dann hatte er eine Idee. Er stellte die Flasche leise auf den Teppichboden und erhob sich. Mit behutsamen Schritten, die Arme von sich gestreckt, um das Knistern seiner Jacke nicht zu verstärken, ging er wie auf Zehenspitzen zur Couch, so schnell und leise wie möglich. Er streckte den Arm nach der halbvollen Flasche auf dem gelben Tisch aus, nahm sie am oberen Rand zwischen zwei Finger, lupfte sie lautlos an und stakste zum Sessel zurück, ohne den Kommissar aus den Augen zu lassen, der den Kopf die ganze Zeit dem Sessel zugewandt hatte.

Henning setzte sich und hob ein wenig die Stimme.

»Mein bester Freund hat einen Dackel gehabt, einen Rauhhaardackel.« Er wischte mit dem Handballen über die Öffnung und trank.

»Linda, so hieß die Hündin, die war uralt, aber ziemlich schlau.«

»Warum trinken Sie aus meiner Flasche?« fragte Vogel.

Henning machte den Mund auf, aber es kam kein Laut heraus, erst fünf Sekunden später. »Aha. Woher wollen Sie wissen, daß ich aus Ihrer Flasche trink? Ich trink aus meiner Flasche.«

»Sie haben sich zur Couch geschlichen und mein Bier geklaut.«

»Hab ich nicht.«

»Glauben Sie, nur weil ich blind bin, bin ich blöd?«

»Das ist mein Bier, das ich trink.«

»Jetzt, aber vorher nicht.«

Henning trank, betrachtete die Flasche und leerte sie. Er rülpste und stellte die Flasche neben die andere und stieß dagegen. Es klirrte, und die Flasche fiel um. »Gewonnen, Meister. Wie haben Sie das bemerkt?«

»Ich habe Sie gehen gehört«, sagte Vogel. »Außerdem spüre ich Bewegungen. Das ist nicht so schwer, wie man meint. Ich bin drauf angewiesen.«

»Nach dem Unfall«, sagte Henning und schaute zum Flur und zum Schlafzimmer, das zur Straße hinausging. »Was haben Sie da gedacht? Wollten Sie sich umbringen?«

»Nein«, sagte Vogel. »Sind die Vorhänge vorgezogen?«

»Was?« Henning sprang auf. Er wußte nicht, wieso. »Die Vorhänge? Die sind alle vorgezogen, wieso denn? Ist was? Red. Was ist los?«

Vogel beugte sich vor, die Hände auf den Knien. »Es ist gut, wenn niemand reinschauen kann. Das wäre zu riskant, für uns beide.«

»Glauben Sie, die schießen durchs Fenster?« Henning bewegte den Kopf hin und her, als könne er so hinter den vorgezogenen grünen Vorhängen etwas erkennen.

»Das ist schon vorgekommen, allerdings nur ein Mal, wenn ich mich richtig erinnere.«

»Und?« sagte Henning. »Haben sie den Bösewicht erwischt? Haben sie ihn abgeknallt?«

»Ja«, sagte Vogel. Es war eine Lüge. Er konnte sich an keinen Einsatz mit einer Geiselnahme erinnern, bei dem die Scharfschützen von draußen in ein Haus geschossen hätten, nicht einmal vom Treppenhaus durch die geschlossene Tür einer Wohnung.

»Echt? Voll erwischt? Und die Geisel?«

»Die Geisel blieb unverletzt. Aber wie ich gesagt habe: Ich bin Polizist, meine Kollegen werden sich so eine Aktion sehr genau überlegen.«

»Exkollegen, Sie sind kein Bulle mehr.«

»Polizist bleibt Polizist, immer.«

»Scheißjob.« Henning machte ein paar Schritte aufs Fenster zu, dann zum Flur hin und horchte und zielte mit der Pistole auf einen unsichtbaren Gegner.

»Ich wollte mich nicht umbringen«, sagte Vogel. »Bitte setzen Sie sich wieder, niemand wird jetzt schießen, und ins Haus wird auch niemand eindringen. Zuerst müssen sie anrufen und hören, wie die Stimmung ist.«

»Stimmung gut«, sagte Henning, drehte sich im Kreis, wankte und ließ sich in den Sessel fallen. Er schaute sich um, während Vogel redete.

»Aber ich habe viel getrunken. Sehr viel. Ich habe tagelang nur gesoffen. Und wenn ich auf die Toilette mußte, bin ich ständig gegen die Wände gerannt. Mit voller Wucht.«

»Das gibt mordsblaue Flecken.«

»Ich war übersät von mordsblauen Flecken. Dann habe ich aufgehört zu saufen und angefangen zu trainieren. Mobilitätstraining. Wie bewege ich mich in einem Raum, in einem Flur, von einem Flur in einen anderen. Wie höre ich, wann eine Wand zu Ende ist und eine Treppe kommt?«

»Wie denn?«

»Sie hören es, Sie spüren die Veränderung. Außerdem haben Sie den Stock, so einen wie den hier. Aluminium mit Kugelspitze. Manche Blinde benutzen Gummistöcke mit Rollspitzen unten. Man muß rausfinden, welcher Stock zu einem paßt. Das Leben geht weiter.«

»Ist doch ein Scheißleben.«

»Es ist ein Leben.«

»Was soll das für ein Leben sein, wenn man nichts sieht? Da wär ich lieber tot.«

»Das glaube ich nicht.«

»Darauf können Sie Ihre blauen Augen verwetten.«

»Besser nicht, die brauche ich noch.«

»Wozu denn?«

»Zum Sehen«, sagte Vogel.

Hennings Arm schnellte in die Höhe. Er richtete die Waffe auf den Kommissar. »Wie zum Sehen? Was soll das? Grüß Gott? Los, herkommen!«

»Ich mag nicht aufstehen«, sagte Vogel.

»Du sollst aufstehen! Sonst hau ich dir eine rein. Hast du gesehen, wie der Typ ausgesehen hat? Der Stecher von der Silvi? Hast du den gesehen? Lustig hat der nicht ausgesehen.«

»Ich habe ihn nicht gesehen, ich bin blind.«

»Ah, ja?« Noch im Laufen holte Henning aus und schlug mit voller Kraft durch die Luft, knapp an Vogels Gesicht vorbei. Vogel zeigte keine Reaktion.

»Scheiße«, rief Henning. »Du nervst, Mann! Nerv mich

nicht, das geht schlecht aus für dich. Zum Sehen. Zum Sehen. Du kannst deine Augen verkaufen. Zum Sehen. Nerv mich bloß nicht.«

»Ich brauche meine Augen für meine Träume«, sagte Vogel. »Wenn ich schon sonst nichts sehe, möchte ich wenigstens in meinen Träumen was mitkriegen.«

»Hä? Was ist?«

»Das ist natürlich nur eine Einbildung, aber wenn ich keine Augen hätte, weiß ich nicht, ob ich dann so träumen würde wie bisher.«

»In deinen Träumen kannst du also was sehen, oder was?«

»Ja. Meistens. Manchmal bin ich blind im Traum, nicht oft. Zum Glück. Meistens sehe ich Menschen, die ich von früher kenne, also aus der Zeit, als ich noch sehen konnte. Meine Frau, meine Kinder, meine Kollegen, Nachbarn, Bekannte. Die sehe ich alle, so wie ich sie in Erinnerung habe. Klar und deutlich und in Farbe.«

»Und mich jetzt?« sagte Henning und legte die Pistole neben die Flasche, die nicht umgekippt war, leise, fast unbeholfen vor Unsicherheit. »Wenn du jetzt von mir träumen würdest, würdest du mich dann sehen oder nicht? Du kennst mich ja gar nicht.«

»Duzen wir uns jetzt?«

»Was ist? Ist das ein Problem für dich? Ich heiß Henning.«

»Jonas. Wenn ich von dir träumen würde, dann würde ich dich vermutlich nicht sehen können.«

»Und wie würd ich dann aussehen?«

»Anders.«

»Wie denn?«

»Das weiß ich nicht. Vielleicht wie jemand, den ich schon mal gesehen habe, früher.«

»Du würdst mich also nicht wiedererkennen im Traum?«

»Wie denn? Ich erkenn dich ja nicht mal, wenn ich wach bin.«

Henning stieß ein hartes Lachen aus und verstummte.

Von draußen drang die Sirene eines Notarztwagens herein.

Nach einer Weile sagte Vogel: »Dein bester Freund aus der Schule, der den Rauhhaardackel hatte, Linda, wie hieß der Freund? Hast du noch Kontakt zu ihm?«

Henning antwortete nicht sofort. »Geht dich nichts an«, sagte er dann.

»Wie heißt er? Ist das ein Geheimnis?«

Henning blieb stumm.

»Lebt er noch?«

»Du sollst still sein!« schrie Henning, griff nach der Pistole und fuchtelte durch die Luft. »Wenn du noch ein Wort sagst, knall ich dich ab. Ist mir egal, ob du blind bist.«

Donnerstag, 1.25 Uhr

Sie trug einen dunkelroten Pullover, und um ihre Beine hatte sie eine dicke braune Wolldecke gewickelt. Den Pullover hatte ihr Yvonne Papst gegeben. Yvonnes Jacke hatte Silvia abgelehnt, ihr sei nicht kalt, sagte sie, und sie habe auch weder Hunger noch Durst, sie sei nicht verletzt und wolle nur irgendwo still sitzen und nichts sprechen müssen.

So hatten Ludger Endres und Yvonne Papst die Kindergärtnerin zu Yvonnes Lancia gebracht. Silvia setzte sich auf den Beifahrersitz, Endres neben sie und die Kommissarin auf die Rückbank. Mindestens zehn Minuten lang sprach niemand ein Wort.

»Sie sollten einen Schluck Wasser trinken«, sagte Endres und hielt, wie schon mehrere Male, die kleine Plastikflasche hoch.

Silvia schüttelte den Kopf. Ihr Oberkörper schwang sehr langsam vor und zurück. Im Schoß drückte sie ihre rote Lederhandtasche gegen den Bauch, sie atmete leise keuchend mit halb geöffnetem Mund.

Vorsichtig strich Yvonne ihr von hinten über die Schulter.

»Silvia«, sagte sie leise, »bitte sagen Sie uns, ob Sie den Einbrecher kennen? Ist es Zufall, daß er bei Ihnen eingebrochen ist?«

Sie erhielt keine Antwort.

»Möchten Sie nicht doch, daß wir Sie ins Krankenhaus zu einem Check fahren? Wir bringen Sie nach Harlaching, dort ist auch Ihr Freund Roland. Er hat zwei Zähne verloren, es geht ihm nicht gut, er wartet auf Sie. Einer meiner Kollegen hat vorhin mit ihm telefoniert.«

»Der arme Roland«, sagte Silvia in sich hinein.

»Hat der Mann noch mehr Waffen außer der Pistole?«

Wieder schüttelte Silvia mühevoll den Kopf.

»Kennt er Ihren Namen?«

»Ja.«

»Kennen Sie ihn?«

»Nein. Er sagt, ja. Er sagt, er heißt Henning.« Zum ersten Mal hob sie den Kopf und sah den Hauptkommissar an. »Aber ich weiß genau, daß er in der Gleiswirtschaft einen anderen Namen gesagt hat.« Sie holte tief Luft und zog die Stirn in Falten. »Julius. Die ganze Zeit hab ich überlegt, wie der Name heißt. Jetzt fällt's mir ein.

Julius. Aber in der Wohnung hat er gesagt, er heißt Henning.«

»So hat er sich auch gegenüber meinem Kollegen am Telefon genannt«, sagte Endres. »Kennen Sie seinen Familiennamen?«

»Nein. Auf einmal stand er da. Im Dunkeln. Neben dem Bett. Und Roland war doch bei mir. Ich möcht den Roland jetzt nicht besuchen, ich schäme mich so. Ich hab gar keine Gedanken mehr, ich bin ganz leer.« Nach einer langen Pause, in der sie abwesend über ihre Tasche strich, abwechselnd erst mit der einen, dann mit der anderen Hand, sagte sie mit einer kleinen Drehung des Kopfes: »Danke für den Pullover, Frau Kommissarin, der ist kuschelig. Ich schäme mich so. Und der Herr Vogel, warum hat der das getan? Der ist doch blind. Das ist doch lebensgefährlich, warum haben Sie ihn nicht festgehalten? Und ich bin schuld, wenn ihm was passiert, dem Herrn Vogel.«

»Nein«, sagte Endres. »Sie sind nicht schuld. Es wird ihm nichts passieren. Hat der Einbrecher erwähnt, was er vorhat?«

»Nein«, sagte Silvia. »Er will das Geld und das Auto, und dann weiß ich nicht. Er stand auf einmal da, im Zimmer, im Dunkeln, mit der Pistole in der Hand, und ich bin zu Tode erschrocken. Ich weiß gar nicht, warum ich noch lebe. Ich bin doch gestorben vor Schreck. Wie damals. Am See.«

Sie kippte gegen die Beifahrertür und fing an zu weinen. Das Weinen erschütterte ihren Körper. Gekrümmt, mit den Fäusten vor dem Gesicht, schlug sie mit dem Kopf gegen die Scheibe, und sie bemerkte nicht, daß Yvonne ihre Hand flach aufs Fenster legte, um die Stöße zu dämpfen, und sie reagierte auch nicht, als Endres die

Fahrertür einen Spaltbreit öffnete, nachdem jemand geklopft hatte.

»Die Meks sind da«, sagte ein Polizist, und Endres schloß die Tür wieder.

Zaghaft rieb Silvia ihren Kopf auf Yvonnes Hand.

Donnerstag, 1.30 Uhr

»Bist du sicher?« sagte ein Journalist zu seiner Kollegin.

»Ganz sicher, sein Hund liegt vorm Haus.«

»Die können doch keinen Blinden da reinschicken.«

»Haben sie aber getan.«

»Glaub ich nicht.«

»Wir senden es in den nächsten Nachrichten«, sagte die Journalistin.

»Und wo ist die Frau, die drin war, jetzt?«

»Noch irgendwo auf dem Gelände«, sagte die junge Frau und tippte eine Nummer in ihr Handy.

»Das glaub ich erst, wenn ich's mit eigenen Augen gesehen hab.«

»Sei froh, daß du nicht blind bist«, sagte die Frau, und ins Telefon: »Niko? Hier ist Bettina ...«

Kopfschüttelnd drehte sich der Journalist um. Hinter ihm stand eine schlanke, fast dürre Frau Anfang fünfzig in einem blauen Wollmantel. Sie war einen Kopf kleiner als er und hatte Augen, die einen fürchterlichen Schrekken spiegelten.

»Kann ich Ihnen helfen?« fragte der Journalist.

»Nein«, sagte Esther Vogel. »Sie können mir nicht helfen, nein.«

7

Donnerstag, 2.28 Uhr

»Und jetzt«, rief Henning und sprang aus dem Sessel, »will ich das Geld und die Kiste und dann ab. Und du bleibst da sitzen.« Er zeigte mit der Pistole auf Vogel und stürzte zum Telefon. Er riß es aus der Konsole, starrte es an, wandte sich hastig zu Vogel um, der reglos auf der Couch saß, steckte die Pistole in seine Jackentasche und nahm das Telefon in die linke Hand.

»Sag die Nummer. Beeilung.«

»0160–4 565 733.«

»Wer geht da dran?« Henning mußte dreimal von vorn beginnen, weil er sich in der Hektik vertippt hatte.

»Der Einsatzleiter«, sagte Vogel.

»Hoffentlich.« Henning ging vor der Wohnzimmertür auf und ab. »Wer da? Wo ist das Geld und der BMW? Wer?«

»Hier ist Ludger Endres, wie geht es meinem Kollegen?«

»Gut geht's dem, wo ist das Geld und die Kiste?«

»Ich möchte mit meinem Kollegen sprechen.«

»Ihm geht's gut, er trinkt Bier, und wir unterhalten uns über wichtige Dinge, wo bleibt mein Auto?«

»Ich möchte mit meinem Kollegen sprechen.«

»Erst will ich wissen, wo mein Auto und mein Geld bleibt.«

»Es ist unmöglich, um diese Zeit hunderttausend Euro und einen BMW zu bekommen«, sagte Endres, der an der Einmündung zur Bad Dürkheimer Straße stand, umringt von den vermummten Männern des Mobilen Einsatzkommandos. »Sie müssen sich bis heute vormittag gedulden, früher schaffen wir es nicht, die Summe zu organisieren. Ich möchte jetzt mit meinem Kollegen sprechen.«

»Vergiß das mal. Schaff das Geld und die Kiste her, sonst stirbt hier einer.«

»Um halb drei in der Nacht kann ich keine hunderttausend Euro auftreiben, wieso verstehen Sie das nicht?«

»Dann stell schon mal die Kiste vor die Tür. Das Auto ist ja kein Problem. In einer Stunde steht die Kiste da, vorm Fenster auf der Straße, sonst kommt Streß auf, und das ist ein Fakt.« Er drückte die rote Taste, nahm das Telefon in die rechte Hand und steckte es in die Jackentasche.

Mit den Händen in beiden Taschen ging er durchs Zimmer und ließ sich in den Sessel fallen.

»Sture Bande, deine Jungs. Haben Probleme mit dem Geld, die Kiste kommt in einer Stunde.« Henning streckte die Beine aus und schlug die ausgebleichten, blauen Sportschuhe gegeneinander. »Ich brauch dringend neue Nikes. Und ein gewisser Zwirn wär auch nicht verkehrt, für die besonderen Anlässe.«

»Welche Anlässe?« fragte Vogel.

»Hochzeiten, Beerdigungen, das Übliche.«

»Wollen Sie heiraten?«

»Schau ich so aus? Ich heirat' bestimmt nicht. Grüß Gott? Ich nicht.«

»Hast du eine Freundin?«

»Immer wieder mal.«

»Und im Moment?«

»Im Moment sitz ich hier und wart auf meinen BMW.«

»Wie alt bist du, Henning?«

»Geht dich das was an? Wie alt bist du?«

»Fünfundfünfzig.«

»Schaust keinen Tag jünger aus.«

»Und dein Freund mit dem Dackel, wie alt ist der?« sagte Vogel, ohne seinen Ton zu verändern.

»Genauso alt«, sagte Henning und machte ein finsteres Gesicht. »Aber der lebt nicht mehr, halt die Klappe.«

»Ist mir recht.« Vogel lehnte sich zurück, tastete nach dem Stock und legte den Kopf in den Nacken.

Henning beobachtete ihn, wie schon die ganze Zeit. Der blinde Mann hatte etwas in ihm geweckt, das er nicht wissen wollte. Aber jedesmal, wenn er diese Empfindung hatte, wünschte er, der Mann würde ihn zwingen, alles zu erzählen. Warum er hier war. Warum das alles passiert war. Warum er in Silvias Wohnung eingestiegen war. Warum heute ein spezieller Tag war.

»Heut ist schon vorbei«, sagte er unvermittelt und stapfte mit dem Fuß auf. Er hatte gequatscht, ohne vorher zu denken. Er war kurz davor, wieder aufzuspringen und irgendwas zu tun. Vielleicht sollte er in die Luft schießen, ein Loch in die Decke ballern, damit die da draußen kapierten, daß er kein Witzeerzähler war.

Aber er blieb sitzen. Um den Kommissar nicht ansehen zu müssen, schaute er zur Tür, zur leeren Telefonkonsole, zum Flur und rüber zum Schlafzimmer. Er zwang sich, dort hinzusehen, minutenlang. Gleichzeitig umklammerte er die Pistole in der linken Jackentasche und das Telefon in der rechten. Beides fühlte sich hart und kalt an.

»Hast du mit Ludger Endres gesprochen?« sagte Vogel, den Kopf im Nacken, mit geschlossenen Augen.

»Heißt der echt so?«

»Ja, was ist mit dem Namen?«

Henning schüttelte den Kopf und sah weiter zum anderen Ende des Zimmers.

»Soviel Geld zu bekommen ist schwer«, sagte Vogel. »Die Banken trauen niemandem, nicht einmal uns, der Polizei. Sie denken, wir hauen mit dem Geld ab.«

»Blödsinn«, sagte Henning, obwohl er eigentlich nichts sagen wollte.

»Wenn du von einer Bank eine Zeugenaussage brauchst, weil zum Beispiel vor der Bank ein schwerer Überfall stattfand, mußt du eine richterliche Genehmigung vorlegen, sonst sagen die nichts.«

»Wieso denn nicht?«

»Datenschutz«, sagte Vogel. »Auf einmal gibt es Datenschutz, und zwar in höchstem Maß. Wenn allerdings das Finanzamt anruft, geht alles ganz schnell mit den Auskünften.«

»Das klingt aber nicht nach einem braven Staatsdiener. Schlechte Erfahrungen gemacht?«

»Sehr schlechte.« Vogel senkte den Kopf und massierte sich den Nacken. Seit einer halben Stunde erfaßte ihn ein unangenehmer Schwindel, und er wußte nicht, ob dieser von der Müdigkeit herrührte oder von der Situation, in der er sich befand und die ihn – doch darüber durfte er nicht nachdenken – mehr und mehr überforderte oder zumindest überanstrengte. Wenn er nicht aufpaßte, fingen seine Finger an zu zittern, und wenn er den Kopf beim Sprechen nicht gerade und die Schultern angespannt hielt, befürchtete er einen Zusammenbruch, von dem er sich so schnell nicht erholen würde, auf jeden Fall nicht in Gegenwart des Mannes mit der Pistole.

So sehr Vogel sich gegen die Vorstellung wehrte, er entkam ihr nicht: Er sah seinen Sohn auf der Straße stehen, umringt von Blicken, die Max die Schuld für den Alleingang seines Vaters gaben. Er sah seinen Sohn, wie er sich ratlos vor Wut über die Augen wischte und nichts anderes zu tun wußte, als ihn, seinen Vater, zu verfluchen und nochmals zu verfluchen, unaufhörlich. Und er sah seine Frau in dem Moment, als sie von seiner Aktion erfuhr, und er sah, wie sie in den Abgrund stürzte, den Max beschrieb, wenn er vom Seelenzustand seiner Mutter sprach. Er sah sie tatsächlich fallen, als würde die Erde sie verschlingen, und ihr letzter Blick auf ihn war keine Anklage, nur noch Verachtung.

Er konnte nicht anders, er mußte aufstehen und sich schütteln.

»Sitzenbleiben!« rief Henning.

»Ich habe gerade an meine Frau gedacht«, sagte Vogel. »Für sie ist das, was ich hier tue, das Ende ihres Vertrauens zu mir.«

»Hä?«

Vogel setzte sich wieder und klammerte sich ans Sitzpolster und kam sich mit einem Mal rücksichtslos und lebensmüde vor. So etwas durfte er nicht denken. Er war hier, weil er Silvia Klages von ihrem Alptraum befreien wollte. Was würde Esther dazu sagen? Sie würde ihn fragen, wieso er an eine fremde Frau gedacht habe anstatt an sie? Wieso er eine fremde Frau retten wollte und nicht sie. Wieso er schon wieder einer fremden Frau hinterherlief und sie, Esther, einfach stehenließ? Wie vor seinem Unfall in der Baugrube hatte er sich wieder einer unberechenbaren Gefahr ausgesetzt. Wieso denn? Sie würde ihn fragen: Wieso denn? Und alles, was er erwiderte, würde sie als Beleidigung auffassen. Und es gäbe kein Wort, um sie zu trösten.

»Und sie hat recht«, sagte er zu Henning, der ihn wieder ansah und sich sofort darüber ärgerte.

»Dann hat sie halt recht.« Henning drehte den Kopf weg und wippte mit dem Bein.

»Was hast du damit gemeint: Heut ist schon vorbei? Hattest du gestern Geburtstag?«

»Wirklich nicht.« Henning starrte den blaugrauen Teppich an. Das Parkett im Schlafzimmer ist schöner, dachte er und fragte sich, warum im Wohnzimmer kein Holzboden lag. Das ist doch unsinnig, dachte er und schnitt eine Grimasse und zog die linke Hand mit der Pistole aus der Jackentasche.

»Hatte dein Freund gestern Geburtstag?« fragte Vogel.

»Halt die Klappe«, sagte Henning und hob die Waffe.

»Er ist schon gestorben«, sagte Vogel auf Verdacht. »Woran ist er gestorben, Henning?«

Wie von einer Sprungfeder getrieben, schnellte Henning aus dem Sessel und war mit drei Schritten an der Couch und drückte den Lauf der Pistole gegen Vogels Stirn. Vogel erschrak.

»Bist du verrückt oder bloß mordsneugierig? Bist du lebensmüde? Willst du sterben? Soll ich Schluß machen hier? Soll ich das letzte Licht auch noch ausmachen, blinder Mann? Willst du das? Grüß Gott? Ich mach's. Ich mach's. Ich mach's sofort.«

»Nein«, sagte Vogel. »Ich bin nicht verrückt, aber ich bin neugierig, ich bin Mordermittler, ohne Neugier hätte ich meinen Beruf nicht ausüben können.«

»Du bist von der Mordkommission?«

»Ja.«

»Wieso denn?«

»Weil ich mich eines Tages dafür beworben habe.«

»Ich mein nicht, wieso du in der Mordkommission warst oder bist oder was, ich will wissen, was einer von der Mordkommission mit einem Überfall zu tun hat.«

»Für Geiselnahmen ist die Mordkommission zuständig«, sagte Vogel und bewegte den Kopf behutsam ein Stück nach hinten. Der runde Stahlring an der Spitze des Pistolenlaufs berührte nicht mehr seine Stirn. Henning hielt die Waffe in der Luft.

»Aha. Damit, wenn der Gangster die Geisel abknallt, gleich die richtigen Leute da sind.«

»Geiselnahme ist kein Kavaliersdelikt.«

»Außer es ist ein Kavalier beteiligt«, sagte Henning und grinste für einen Moment. »Und für Selbstmord seid ihr auch zuständig, oder?«

»Dafür sind die Kollegen vom K112 zuständig, von der Todesermittlung.«

Mehr als dreißig Jahre war Jonas Vogel bei der Polizei gewesen, davon die meiste Zeit im K111, und er hatte gelernt, auf jedes Wort eines Zeugen oder Tatverdächtigen zu achten, auf jedes Schweigen, jede Geste, jeden Blick, jedes noch so unscheinbare Spielmanöver. Außerdem war er fähig, Stimmen zu sezieren wie ein Chirurg einen Leichnam, er hörte den Wechsel von Tonlagen und das Raunen einer Lüge im Hintergrund einer Aussage. Und wenn jemand schmatzte oder zwischen zusammengebissenen Zähnen Luft einsog, wurde er hellhörig und mißtraute sofort jedem Gesichtsausdruck. Diese Art von Wahrnehmungsmaschinerie arbeitete längst automatisch, und manchmal schien ihm, als funktioniere sie nach seiner Erblindung noch besser.

»Dein Freund mit dem Dackel hat sich das Leben genommen«, sagte er, und das Rucken, das sein Gegenüber durchfuhr, spürte er wie ein eigenes.

»Du vollblöder Depp!« schrie Henning.

Er riß den Arm hoch und schlug mit dem Griff der Pistole zu und traf Vogel an der Schläfe und machte einen

Satz zur Seite, als der Kommissar von der Couch rutschte und liegenblieb.

Angewidert schaute Henning auf den reglosen Körper. Dann stapfte er mit wütenden Schritten in die Küche, um sich ein frisches Bier zu holen.

Donnerstag, 2.03 Uhr

Sie hatte kein Ziel, sogar der Weg, den sie lief, war ihr fremd, obwohl sie ihn kannte. Sie wußte noch, daß sie sich umgedreht hatte und weggegangen war, weg aus der Gruppe der Journalisten, in die sie hineingeraten war, weg von ihrer Tochter, die gerade mit einer Nachbarin redete, weg von den Polizisten, weg von den Leuten, die sie so niederträchtig betrogen hatten. Die ganze Zeit hatten sie alles gewußt und ihr nichts gesagt.

Sie ging die Balanstraße in nördlicher Richtung und dann nach links in die Werinherstraße und dachte: ihr Betrüger und Lügner, ihr Lügner und Betrüger. Das dachte sie eine ganze Weile, immer wieder dieselben Worte, Lügner und Betrüger. Und als sie durch die Eisenbahnbrücke ging, murmelte sie die Worte vor sich hin. Betrüger und Lügner. Und als sie an der Ampel stand und auf Grün wartete, obwohl kein Auto kam, von nirgendwoher, sagte sie laut: »Lügner und Betrüger.« Und auf dem Weg entlang der Eintrachtstraße dachte sie: Ich bin drauf reingefallen, ich fall immer drauf rein. Und wie vorher dachte sie die Worte mehrmals hintereinander: Ich bin drauf reingefallen, ich fall immer drauf rein.

Vor der Aussegnungshalle des Ostfriedhofs setzte sie sich erschöpft auf die niedrige Steinmauer und schlug die

Beine übereinander und fröstelte. Die Luft war kühl, und es roch nach nasser Erde.

Esther Vogel schniefte. Sie mußte weiter, sie durfte nicht erwischt werden, die Lügner waren hinter ihr her, und wenn sie sie einholten, würden sie ihr wieder ins Gesicht lügen. Und das hatte sie nicht verdient, dachte sie und stand auf und klopfte ihren Mantel ab und hielt Ausschau nach der Straßenbahn und wußte, daß um diese Zeit keine fuhr.

Donnerstag, 2.00 Uhr

»Grad war sie doch noch da«, sagte Lisa Schmitz, die Nachbarin der Familie Vogel aus der Herrenchiemseestraße.

Katrin hatte vier Polizisten nach ihrer Mutter gefragt, aber keiner hatte sie weggehen sehen.

Eigenartigerweise glaubte Katrin nicht, daß ihre Mutter nach Hause gegangen war. Sie ging an einer Gruppe von Reportern vorbei, reckte den Kopf, fluchte vor sich hin. Vorn, im Licht der Scheinwerfer, sah sie Max und Yvonne mit Ludger Endres sprechen, und sie hatte den Eindruck, es wäre besser, die drei nicht zu stören.

Katrin winkte trotzdem, so lange, bis ihr Bruder auf sie aufmerksam wurde. Der Polizist, der ihr den Weg versperrte, ließ sie widerwillig durch.

»Was machst du noch hier?« sagte Max. »Ich dachte, ihr seid längst zu Hause.«

»Mama ist verschwunden«, sagte Katrin. »Sie ist weggelaufen, vor zehn Minuten.«

»Ich versteh' gar nichts.«

»Denkst du, wir sind gleich nach Hause gegangen? Wir haben noch gewartet, weil Mama so beunruhigt wegen Papa war.«

»Wo soll sie denn sein?«

»Nach Hause ist sie nicht.«

»Woher willst du das wissen?«

»Ich weiß es.«

»Quatsch. Und jetzt geh bitte, wir haben große Probleme.«

Katrin nickte zum Haus mit den braunen Fensterläden. »Stimmt es, daß Papa da drin ist?«

Für einen Moment ließ Max den Kopf hängen. »Wer sagt das?« Er hatte zu laut gesprochen und biß sich auf die Lippen. »Woher weißt du das? Wer hat das erzählt?«

»Die Journalisten.«

»Welche Journalisten?«

»Irgendwelche.«

»Das glaub ich nicht.« Er zweifelte nicht daran, aber er weigerte sich, daran zu glauben.

»Mama hat es gehört und ist weggelaufen. Ich hab mich grade mit Luisa unterhalten, Luisa Schmitz, unserer Nachbarin, und als ich mich wieder umdrehte, war Mama weg. Ich hab gleich ...«

Max packte sie am Arm, und es tat ihr weh.

»Laß mich los, Blödmann.«

Er ließ sie los und wollte noch etwas sagen, aber Yvonne kam ihm zuvor. »Wir müssen eine Entscheidung treffen«, sagte die Kommissarin.

»Das weiß ich.«

Max sah seine Schwester an und zwang sich, nicht wieder laut zu werden. »Mama ist nach Hause gegangen«, sagte er, und es klang beschwörend. »Und du kannst uns vielleicht helfen.«

Katrin blickte nicht weniger erstaunt drein als Yvonne Papst. Auch Endres, der sich an den Leiter des MEKs gewandt hatte und mit ihm die Möglichkeiten einer Erstürmung erörterte, horchte auf.

»Könntest du dich um jemanden kümmern?« sagte Max.

Sie antwortete nicht.

Max warf einen schnellen Blick zum Park und den wartenden Kamerateams und Reportern und beugte sich näher zu seiner Schwester. »Schau nicht hin, der Lancia hinter dem Rotkreuzwagen gehört Yvonne, und da drin sitzt Silvia Klages, das ist die Frau aus der Wohnung, die überfallen wurde ...«

»Gegen die sich unser Vater hat austauschen lassen«, sagte Katrin, weil sie nicht anders konnte.

»Er hat sich nicht austauschen lassen!« Max biß sich auf die Lippen, um seine Wut zu zügeln. »Er hat sich selber ausgetauscht, er hat uns einfach stehenlassen, er hat sich einen Dreck um uns gekümmert. Er kümmert sich einen Dreck um sich selber.«

»Max«, sagte Endres. »Was wolltest du deine Schwester fragen? Wie soll sie uns helfen können?«

»Kannst du die Frau mit zu uns nehmen?« sagte Max hastig zu Katrin. »Nur für die Nacht. Sie hat niemanden, zu dem sie gehen kann oder will. Mach ihr einen Tee, biet ihr was zu essen an, red mit ihr. Geht das?«

»Und was ist mit Mama?«

»Mama wird schon zu Hause sein.«

»Da ist sie nicht. Schick einen Streifenwagen los, Max.«

»Machst du das mit der Frau?« sagte er, als habe er nicht zugehört. »Schaffst du das? Du würdest uns einen großen Gefallen tun.«

»Wir wollten Frau Klages in eine Klinik bringen«, sagte Endres. »Sie weigert sich. Ihren verletzten Freund, der im Harlachinger Krankenhaus auf sie wartet, möchte sie auch nicht besuchen. Glauben Sie, wir können Ihnen diese Aufgabe anvertrauen?«

»Und wenn sie nicht will?« sagte Katrin.

»Gehen Sie mit Max zu ihr und fragen Sie sie. Hier kann sie nicht bleiben.«

Katrin sah zu dem blauen Auto. »Und was wird aus Papa?«

»Wir holen ihn raus«, sagte Endres. »So schnell wie möglich.«

Katrin nahm die Hand ihres Bruders und drückte sie an ihre Wange. Die Geste verwirrte ihn maßlos.

Donnerstag, 2.45 Uhr

Sie stand unter der großen Kastanie und betrachtete die beleuchteten Schaufenster des Kinos, bunte Fotos und vergrößerte Zeitungsausschnitte. Esther Vogel fand die Gesichter verlockend, sie wäre gern hingegangen und hätte sie aus der Nähe bewundert. Dafür war keine Zeit. Sie war den weiten Weg aus Ramersdorf den Nockherberg hinunter über die Corneliusbrücke, durch die Fraunhofer Straße, vorbei an der Alten Feuerwache bis zum Sendlinger-Tor-Platz nicht gelaufen, um sich in einem gespielten Leben zu verlieren. Im Kino, sagte sie zu sich und gab sich einen Ruck und überwand ihre Erschöpfung, hausen Lügner und Betrüger, auf der Leinwand und im Publikum, überall Betrüger und Lügner.

»Guten Abend«, sagte sie zu dem bulligen Mann in

der schwarzen Montur, der am Eingang zur Gaststätte »Lamms« stand und ihr die Tür aufhielt.

»Guten Abend«, sagte der Mann.

An der Wand neben der Treppe, die in das rustikale Kellerlokal führte, hingen Fotos von lachenden, trinkenden, sich umarmenden, in die Kamera winkenden Menschen. Ich bin auch bald lustig, dachte Esther Vogel.

Als sie unten die Glastür aufstieß und ihr Schlagermusik entgegenschallte, lächelte sie und fühlte sich auf wundersame Weise unsichtbar.

8

Donnerstag, 3.15 Uhr

Die Wunde an der Schläfe blutete nicht. Er rieb mit zwei Fingern darüber und roch an den Kuppen, nachdem er sich aufgerappelt und auf die Couch hatte fallen lassen. Jonas Vogel war länger liegengeblieben, als es nötig gewesen wäre. Er hatte befürchtet, Henning würde ein zweites Mal zuschlagen oder ihn treten, und er wollte die Kontrolle nicht verlieren, die er immer noch zu haben glaubte. Sicher war er sich nicht, aber er glaubte daran, weil er diese Haltung von früher her gewohnt war.

»Bist du besoffen?« sagte Vogel.

»Ja, ja«, sagte Henning und trank aus der Flasche. Er stand da und streckte den Bauch vor, und die Jacke knisterte. Das schien ihm zu gefallen. Eine Zeitlang ruckte er mit dem Oberkörper und summte dazu.

Vogel massierte mit beiden Händen seine Schläfen.

»Wollt' mal testen, ob Blinde heulen«, sagte Henning.

»Und wie fiel der Test aus?«

»Negativ.« Er trank und schlug aus Versehen mit dem Flaschenhals gegen seine Zähne. »Blöder Depp.«

»Was ist schon wieder?«

»Ich hab mich gemeint. Sowas nennt man Selbstironie.«

»Bist du sicher?«

»Paß bloß auf.« Henning machte einen Schritt auf die

Couch zu, hatte aber nicht vor, noch näher zu kommen. »Ich hau dir wieder eine rein, ich hab kein Mitleid mit dir, bloß weil du ein Krüppel bist. Grüß Gott?«

»Ich bin kein Krüppel, ich bin blind.«

Henning schaute auf seine Uhr. »Und ich verrat dir was: Deine Kollegen, die werden keine Rücksicht auf dich nehmen, für die bist du ein ausrangierter Behinderter, und das ist ein Fakt. Für die bist du so gut wie jede andere Geisel. Wenn die ballern wollen, ballern die. Du bist kein Bulle mehr, du bist nichts mehr wert.«

»Ich bin für meine Kollegen genauso viel wert wie du.«

»Du träumst, Vogel.« Henning leerte die Flasche und ließ sie auf den Boden fallen. Sie kippte um und rollte gegen eine der beiden anderen Flaschen. »Abschüssiges Gelände hier.«

»Bitte?«

Henning winkte ab. Er betrachtete den Kommissar, legte den Kopf schief, holte die Pistole aus der Jackentasche. »Die Lage spitzt sich zu.« Er schaute zum Fenster, kratzte sich am Kinn, drückte erst das eine, dann das andere Auge zu. »Die überlegen, wie sie mich ausschalten sollen. Sie locken mich zur Haustür, was glaubst du, Vogel? Sie rufen an und sagen: Komm raus, das Auto ist da. Und wenn ich nicht an die Tür geh, sondern ans Fenster, hat mich einer von denen schon im Visier und peng, und das wars. Gezielter Todesschuß. Lustig.«

Vornübergebeugt wie jemand, der intensiv über etwas nachdachte, schlurfte er durchs Zimmer, zwischen Tür und Couchtisch, mit ruckenden Schultern und den Haaren vorm Gesicht. Wieder summte er eine undeutliche Melodie, und sein linker Arm mit der Pistole schlenkerte dazu.

»Den Ausdruck habe ich noch nie gehört«, sagte Vogel

nach einem Schweigen. »Gezielter Todesschuß. Ich weiß nicht, ob es das gibt.« Und weil Henning nichts erwiderte, sagte er: »Warum bist du hier eingebrochen? Was wolltest du von Silvia? Warum sie?«

Abrupt blieb Henning stehen. »Fängst du schon wieder damit an? Halt die Klappe, Vogel.«

»Soll ich dir helfen oder was willst du von mir?«

Henning kam auf ihn zu, baute sich mit vorgestrecktem Bauch vor ihm auf. »Was ich will von dir? Spitzenfrage. Was will ich von dir? Ich will, daß du die Klappe hältst, erstens. Ich will von dir, daß du keinen auf behindert machst, zweitens. Und drittens will ich, daß du dafür sorgst, daß mein Geld und die Kiste endlich kommen. Verstanden?«

»Ja«, sagte Vogel. Er zwang sich, die Kopfschmerzen und das hämmernde Pochen in seinen Schläfen zu ignorieren. »Soll ich noch mal anrufen?«

»Soll das was bringen?«

»Wahrscheinlich nicht.«

»Wieso willst du dann anrufen, Depp?«

»Um zu zeigen, daß ich dir helfen will.«

»Hilf dir doch selber.« Henning wandte sich um und betrachtete die zwei umgekippten und die noch stehende Bierflasche neben dem Sessel. Er fuchtelte mit der Pistole durch die Luft und ließ sich in den Sessel fallen. »Die Silvi, die kann tanzen.« Er schwang die Beine über die Armlehnen und legte den Kopf in den Nacken. »Tanzen, verstehst, Vogel, Tanzen ist Zauberei. Ich kann's nicht, wenn ich tanz, schaut's aus wie bei einem Affen. War schon immer so. Schon im Kindergarten. Ich der Aff', der Henning der Gigolo. Der hat's draufgehabt. Und die Silvi hat's auch drauf. Ich hab die live gesehen, in der Gleiswirtschaft, im Saal. Bauchtanz. Du hast sie gesehen, die hat praktisch ja überhaupt keinen Bauch, aber den Bauchtanz bringt sie, da springen dir die Augäpfel raus.«

»Ich kann sie leider nicht sehen«, sagte Vogel.

Henning lachte kurz und hart. »Hab ich vergessen. Glaub's mir einfach. Ich hab sie gesehen. Sie tanzt, und du fällst in Ohnmacht vom Hinschauen.«

Vogel drehte den Kopf in Hennings Richtung. »Dein Freund hieß genauso wie du? Henning.«

»Halt die Klappe. Du sollst die Klappe halten! Außerdem heiß ich nicht Henning, ich heiß bloß so, weil er so geheißen hat. Ich hab wenigstens seinen Namen gerettet, wenn sonst schon nichts übrig ist von ihm. Und jetzt halt die Klappe!«

Donnerstag, 3.59 Uhr

»Nein«, sagte Jonas Vogel. »Ich halt nicht die Klappe. Knall mich doch ab.«

»Spinnst du?« Henning sprang auf, zielte mit dem ausgestreckten linken Arm auf Vogel, streckte den rechten Arm nach hinten und ruckte mit der Schulter, als wolle er sich antreiben. »Meinst du, ich mach Spaß? Glaubst du, ich steig hier zum Spaß ein? Glaubst du, ich hab die Pistole zum Spaß? Glaubst du, das ist ein Spielzeug? Glaubst du, ich weiß nicht, was ich hier tu? Spinnst du?«

Du weißt nicht, was du hier tust, dachte Vogel und sagte: »Nein, ich weiß, daß du nicht zum Spaß hier bist. Ich habe verstanden, daß du hier bist, weil du es ernst meinst. Aber ich werde trotzdem nicht die Klappe halten, weil ich wissen will, warum du es ernst meinst. Warum du soviel riskierst, warum du dein Leben aufs Spiel setzt und drei Menschen als Geiseln nimmst. Und jetzt setz dich wieder und fang an, mir das zu erklären. Das dauert noch, bis du dein Geld und das Auto kriegst. Setz dich wieder. Und wenn du dir noch ein Bier holst, bring mir auch eins mit.«

Wortlos schwenkte Henning die Waffe, machte einen Schritt nach vorn und einen zurück, schaute zur Tür, kratzte sich mit dem Griff der Pistole am Bauch, und seine Jacke knisterte. Und als würde ihn dieses Knistern plötzlich unfaßbar ärgern, riß er sich die Jacke vom Leib und schleuderte sie auf den Boden. Angewidert verzog er das Gesicht und zielte noch einmal mit ausgestrecktem Arm auf Vogel, der wieder begonnen hatte, seine Schläfen zu massieren.

Langsam, auf ungelenke Art bedächtig, setzte Henning sich in den Sessel, so, als wolle er die unerwartete Stille nicht zerstören. Die Waffe legte er neben sich. Wie jemand, der zuhören muß oder ausgefragt wird, hob er die Schultern und sah zum Kommissar hinüber, mit einem Ausdruck verblüffter Erwartung.

Nach einem langen Schweigen sagte Henning: »Und? Erste Frage?«

Von diesem Augenblick an, hoffte Vogel, mit dieser Aufforderung, die sich der andere nach seinen Zornesausbrüchen, Gewaltaktionen, Unbeherrschtheiten und trotzigen Selbstanfeuerungen abgerungen hatte, würde er die Nacht auf seine Weise zu Ende bringen können, hier, in diesem Zimmer, in dieser Wohnung, ohne Hilfe der Kollegen, ohne Kavallerie, auf dem unscheinbaren Weg einer Vernehmung, einer Stimmenentblößung, zu der er früher so oft Zeugen oder Verdächtige gezwungen hatte, wobei diese glaubten, sie wären von sich aus zur Wahrheit gelangt.

»Meine erste Frage lautet: Wie ist dein richtiger Vorname?«

Henning lehnte sich zurück. »Das ist deine erste Frage?« sagte er amüsiert.

»Das ist meine erste Frage. Aber ich kann dir die zweite auch gleich stellen. Hängst du an deinem Leben?«

Henning stützte die Arme auf die Lehnen und nickte. »Wieso? Ist das wichtig?«

»Ich kenne immer noch nicht deinen richtigen Namen.«

»Julius.«

»Und dein Nachname?«

»Spielt keine Rolle.«

»In Ordnung. Bist du verheiratet?«

Julius antwortete mit einem schnellen, gepreßt hervorgestoßenen: »Nein.«

»Hast du eine Freundin?«

Julius antwortete auf dieselbe Weise.

»Wie alt bist du? Ich schätze dich auf Anfang bis Mitte dreißig.«

»Gut geschätzt.« Mehr sagte Julius nicht dazu.

»Dein Freund Henning«, sagte Vogel. »Warum hing der nicht am Leben wie du?«

Ohne daß er es bemerkte, fing Julius' rechtes Bein an zu wippen. »Der hing schon«, sagte er. »Aber nicht am Leben.« Er verstummte, wippte mit dem Bein, sah zu Vogel und wieder von ihm weg.

»Dein Freund hat sich erhängt.«

Julius schwieg.

»Wie alt war er?« fragte Vogel. Er saß ebenso aufrecht da wie der andere, mit weit offenen Augen.

»Zu jung natürlich.«

»Wie alt war er?« wiederholte Vogel.

»Zu jung.«

»Jünger als achtzehn.«

»Ja.« Die Antwort kam so schnell, daß Vogel sie kaum hörte.

»Jünger als sechzehn.«

»Ja.«

»Jünger als fünfzehn.«

Julius schwieg.

Vogel wartete ab. Beinah hätte er sich die Ohren zugehalten, um von den Geräuschen und Stimmen, die gedämpft, aber unaufhörlich von draußen hereindrangen, nichts wahrzunehmen. Er konzentrierte sich auf das Atmen des Mannes und sein stärker werdendes Schnaufen, sein Herumrutschen im Sessel, sein Kratzen am Pullover. Aus Julius' Stimme hörte Vogel die Suche nach dem noch nie gesprochenen Satz heraus, nach den wenigen Worten, die kein Schmerz, kein Verbrechen, keine Schuld auslöschen können. Es kam dem Kommissar vor, als habe Julius mit der Preisgabe seines richtigen Namens das erste Wort schon gefunden und sei vor Schreck erst einmal wieder verstummt.

»Wo war Linda an dem Tag?« fragte Vogel. Er konnte das Flattern von Julius' Bein hören.

»Wieso Linda?« Es war eine hilflose Frage.

»Wo war der Dackel an dem Tag, als dein Freund wegging?«

Julius wandte sich ab, drückte sich in den Sessel, zog die linke Schulter hoch, wie um sich vor Blicken zu schützen. »Woher weißt du das mit Linda?«

»Du hast von ihr erzählt.«

»Ja, aber nicht, daß sie zum See gelaufen und reingesprungen ist, das hab ich garantiert nicht erzählt. Grüß Gott?«

»Nein«, sagte Vogel. »Wurde er gerettet, der Hund?«

»Ja.«

»Von wem?«

»Vom Bootsverleiher.«

»Linda ist aus Angst um Henning in den See gesprungen«, sagte Vogel.

»Hab sie nicht gefragt. Sie hat nichts mehr gefressen. Hennings Eltern haben sie eingeschläfert. So sind die.«

»Als Henning nicht mehr zurückkam, wollte sie nicht mehr leben.«

»Blöder Hund«, sagte Julius. »Ich hätt ihn genommen, meine Mutter hätt nichts dagegen gehabt. Vielleicht wär' der sogar gut für sie gewesen.«

»Warum?«

»Halt die Klappe.«

Nach einer Weile sagte Vogel: »Was war deine Vermutung, wo dein Freund sein könnte?«

»Ich hab nicht gewußt, daß er weg ist.« Julius gab ein brummendes Geräusch von sich. »Woher hätt ich das wissen sollen? Woher denn? Wir haben nicht in derselben Straße gewohnt, wir haben am Steinweg gewohnt, und er in der Bahnhofstraße. Ich hab das erst am nächsten Tag erfahren. Das mußt du dir vorstellen, am nächsten Tag hör ich, daß Henning weg ist, die ganze Nacht schon. Mich hat niemand geweckt.«

»Warum nicht? Wenn ein Junge von zwölf oder dreizehn Jahren verschwunden ist ...«

»Er war zwölf«, sagte Julius laut.

»Wenn ein Zwölfjähriger verschwunden ist, dann ist die Polizei im Großeinsatz, das ist der GAU für uns, ein vermißtes Kind.«

»Super-GAU.« Mit seinem über die Lehne baumelnden Arm schlug Julius gegen den Sessel. »Den hat doch niemand vermißt, du Depp. Seine Eltern haben meine Mutter angerufen, und die hat denen gesagt, er ist nicht bei uns, und das wars dann. Das war das ganze Vermissen. Die haben die Polizei angerufen, und die ist auch gekommen. Aber dann haben sie erfahren, daß Henning schon zweimal nachts nicht nach Hause gekommen ist, daß er sich im Wald oder am Campingplatz versteckt hat und fertig. Die Polizei hat nachgeschaut, er war nicht da. Fertig. Am nächsten Tag war er nicht in der Schule. Großes Geschrei. In die Schule ist er natürlich immer gekommen, so war der. Seine Eltern wollten, daß mal was aus dem wird, ein Studierter, Uniprofessor mindestens. Deswegen haben sie ihn aufs Gymnasium geschickt. Meine Mutter hat mich auch aufs Gymnasium geschickt, aber die hat dann eingesehen, daß ich das nicht pack, das war klug von ihr. In der achten bin ich runter und ... Ist doch egal jetzt.«

»Was dachtest du, wo er sein könnte, Julius?«

»Ich heiß nicht Julius, ich heiß Henning.«

»Ja«, sagte Vogel. »Was war dein erster Gedanke, als du erfahren hast, daß Henning verschwunden ist?«

»Keine Ahnung.«

»Du hast sofort gewußt, daß etwas passiert ist.«

»Darauf kannst du deine Augen verwetten.«

»Die verwette ich nicht«, sagte Vogel. »Hast du dich auf die Suche gemacht?«

»Ja.« Es klang wie ein einzelnes, eisiges J.

»Sofort.«

»Ja.«

»Du hast die Schule geschwänzt.«

»Ja.«

»Habt ihr in dem Ort gewohnt, in dem das Gymnasium ist?«

»Wir haben in Kleinweil gewohnt«, sagte Julius. »Die Schule war in Murnau, ich bin mit dem Bus zurückgefahren und hab nach ihm gesucht. Lustig.«

»Was ist lustig?«

»Lustig ist lustig.« Julius hörte auf, gegen den Sessel zu trommeln und fuhr mit dem Kopf herum und sah Vogel mit loderndem Blick an.

»Lustig ist lustig, verstehst du das?« schrie er. Er keuchte und wippte mit beiden Beinen.

»Du konntest ihn nicht finden«, sagte Vogel, »weil er nicht in Kleinweil war, er war längst woanders.«

»Ganz woanders«, brüllte Julius. Dann rutschte er bis zur Rückenlehne, nahm die Pistole, zielte auf Vogel, legte die Waffe auf den Boden, rieb mit der Faust über sein Kinn. Seine Narbe schmerzte, wie seit Jahren nicht mehr. »Ganz woanders«, sagte er mit heiserer Stimme. »Und ich Deppenhaufen hab immer weiter gesucht. Anstatt daß ich was kapiert hätt. Bis in die Nacht hab ich gesucht. Und dann? Und dann? Und dann? Dann wars so dunkel wie bei dir, Vogel. Im Arsch der Welt ist es so dunkel wie sonst nirgends. Schau mich nicht so an mit deinen Pseudoaugen.«

9

Donnerstag, 4.30 Uhr

»Im Riegsee versenkt«, sagte Julius. »Jedes Jahr, jahrelang. Die Lehner Anni, die Kirchreiter Ilka und die Sonnhof Elvira. Wie die Katzen versenkt. Die haben natürlich geschrien und gebrüllt und rumgezappelt, das war ja der Witz. Für uns. Für den Henning und für mich ist das der Witz gewesen. Lustig. Mit der Sonnhof Elvira bin ich ins Moos und wir haben rumgemacht. Der Henning hat sich nicht getraut. Obwohl die Lehner Anni ganz klar der größte Fan von ihm gewesen ist. Die wär sofort mit ihm mitgegangen, aber er wollt' nicht. Oder er hat sich nicht getraut. Nicht, weil er schüchtern war, verstehst du?«

»Warum dann?« fragte Vogel.

»Wegen daheim. Seine Eltern wollten das alles nicht, was er wollt'. Die wollten das nicht. Hab nie verstanden, wieso. Sein Vater war Bankchef in Murnau, seine Mutter war Hausfrau, nichts Besonderes. Wollten nichts. Wollten, daß er aufs Gymnasium geht. Hat er gemacht. Grundschule, dann Gymnasium. Tennis. Squash. Klavier. Er hat Klavier gespielt, der Henning, schwere Sachen, Klassiker, Mozart, Beethoven, solche Kaliber. Ist im Gemeindesaal aufgetreten. Mit acht. Beim Adventssingen. Hat er gespielt, Henning, er ist sogar in der Zeitung abgebildet gewesen.«

»Hat ihm das Musizieren Spaß gemacht?«

»Spaß? Lustig. Du bist spaßig. Was soll daran Spaß machen, wenn man jeden Tag zwei Stunden üben muß und eine verschrumpelte Klavierlehrerin dir die Finger auf die Tasten drückt, daß du denkst, die brechen gleich ab. Ist das spaßig für dich?«

»Warum hat er dann weitergespielt und geübt?«

»Warum? Warum? Stell nicht so depperte Fragen. Er war acht. Oder sechs. Oder sieben. Was hätt' er denn machen sollen? Seine Mutter erschießen? Die hat ihn gezwungen, und er hat ja gesagt. Warum? Superfrage. Warum? Warum-Fragen kannst du abschaffen, die kann sowieso niemand beantworten. Warum?

Er hat's halt getan. Plingplong. In der Schule ist er nicht viel besser gewesen als ich. Er hat mehr gelernt, das war der Unterschied. Seine Mutter hat kontrolliert, daß er seine Hausaufgaben macht. Ordentlich. Seine Schrift war lesbar, meine eher weniger. Was ich hier erzähl, kannst du glauben oder nicht, ist mir egal, das ist alles wahr. Aber auch wenn's wahr ist: Wo ist der Henning? Siehst du den irgendwo? Das ist jetzt blöd. Hörst du ihn irgendwo? Riechst du ihn irgendwo? Hier ist er nicht, drüben auch nicht. Im Kühlschrank ist er auch nicht. Wo ist er?

Plingplong, plingplong. In der Grundschule haben wir Tischtennis gespielt, Henning war besser als ich. Und er hat genauso wenig trainiert wie ich, er war halt ein Talent.

Er war halt ein Talent.

Er war halt ein Talent.

Er war gar kein Talent. Er hat bloß besser gespielt als ich. Und gerner als ich. Ich hab Tischtennis nie gemocht, Deppenspiel, plingplong, plingplong. Du haust drauf und fertig ist der Punkt. Und diese dämlichen Angaben der Japaner, die werfen den Ball meterweit hoch und schneiden ihn dann dämlich übers Netz. Ich hab Tischtennis gespielt wegen dem Henning. Bei mir daheim war sonst nichts los, meine Mutter hat den ganzen Tag im Wirtshaus in Großweil gearbeitet. Wenn ich von der Schule heimgekommen bin, ist nie wer dagewesen. War nicht schlimm. Hatte eh keinen Hunger. War nicht schlimm.«

»Und dein Vater?« fragte Vogel. »Hat der auch auswärts gearbeitet?«

»Auswärts«, sagte Julius. »Auswärts wird nicht reichen. Der war abseits, der war nirgends, der war einfach weg. Hab vergessen, wie er aussah. Typ mit einem blöden Geschau. Meine Mutter hat ihn weitergeschickt, da war ich drei oder vier. Der war Postler. Ist dann nach Garmisch gezogen, servus, schon vergessen.«

»Und danach hatte deine Mutter keinen neuen Mann?«

»Typen halt, Freunde sind das keine gewesen. Die sind über Nacht geblieben. Später ist meine Mutter über Nacht weggeblieben, sie hat gesagt, sie besucht einen Freund. Morgens um sieben war sie wieder da und hat Frühstück gemacht. Wir waren verschrien. Unser Ruf war Mist. Kleinweil. Warst du mal in Kleinweil? Glück gehabt. Da kannst du dir die Überwachungskameras sparen, das erledigen die Leute selber. Rund um die Uhr. Die haben genau gewußt, was bei uns los ist. Vater weg, Mutter aushäusig, Sohn Bastard. Hängt rum, klaut, raucht, verdirbt die anderen Kinder. Davon war Hennings Mutter überzeugt, darauf kannst du wetten. Die hielt mich für verschlagen, für einen, der ihren Sohn zu üblen Dingen verführen will. Und Hennings Vater dachte dasselbe. Der Bankdirektor. Er war Filialleiter, aber in Kleinweil haben sie ihn für einen Bankdirektor gehalten. In Kleinweil hat das zwanzigste Jahrhundert noch nicht begonnen gehabt, es hat immer noch nicht begonnen. Das stört da niemanden. Außer meine Mutter, die ist dann weggezogen, mit mir. Das war später.

Mit dem Henning bin ich aufgewachsen, wir haben uns verprügelt und in den Schweinestall gesperrt. Blöd war, daß der Henning sich nicht schmutzig machen durfte, das konnte seine Mutter nicht ausstehen, die hat ihm immer helle Sachen angezogen. Warum? Frag mal, warum? Los, frag mich: Warum hat die Mutter vom Henning ihrem Sohn immer helle Sachen angezogen? Los, frag!«

»Warum hat sie das getan?« fragte Vogel.

»Weiß ich nicht«, flüsterte Julius. »Und Henning hat's auch nicht gewußt. Und meine Mutter hat's auch nicht gewußt und die Hühner auch nicht.« Mit normaler Stimme sagte er: »Sie hat's einfach getan. Vielleicht wollt sie ihn schikanieren. Kann sein. Was glaubst du, wieviel Prozent von Müttern wollen ihre Kinder schikanieren? Schätz mal. Ungefähr. Los, schätz!«

»Ich weiß nicht, ob Mütter ihre Kinder schikanieren wollen«, sagte Vogel. »Vielleicht sind manche Mütter einfach unbeholfen oder überfordert.«

Julius schwieg eine Zeitlang. »Fünfundneunzig Prozent«, sagte er dann. »Und wieviel Prozent von Vätern wollen ihre Kinder schikanieren? Ich verrat's dir. Achtundneunzig Prozent. Kein Prozent weniger. Hat dich deine Mutter nicht schikaniert? Gib's zu. Gib's mal zu.«

»Sie hat mich nicht schikaniert.«

»Glück gehabt. Gehörst du zu den fünf Prozent der Nichtschikanierten. Und dein Vater? Wie war der? Wie hat der dich schikaniert? Gib's zu.«

»Er hat mich auch nicht schikaniert«, sagte Vogel. »Wieso, glaubst du, hat Hennings Mutter ihren Sohn so behandelt?«

»Weil sie es so wollte.«

»Und er hat sich nicht gewehrt?«

»Nein.«

»Er hat alles getan, was sie wollte.«

»Ja.«

»Und was sein Vater wollte.«

»Der wollt' nichts.«

»Bitte?«

»Der war den ganzen Tag weg. Die Mutter hat über den Henning entschieden, sonst niemand. Verstehst du das nicht? Wieso verstehst du das nicht? Du bist doch ein Studierter.«

»Aber ihr seid zusammen schwimmen gegangen«, sagte Vogel. »Und ihr habt die Mädchen geärgert. Ihr hattet euren Spaß, du und Henning.«

»Logisch hatten wir unseren Spaß«, sagte Julius. »Ich hab ihn einfach mitgenommen an den Riegsee im Sommer, hab ihn rausgeholt aus der Gruft.«

»Und er ist mitgekommen.«

»Hat seine Mutter geschickt hingekriegt. Ab und zu hat sie ihm was erlaubt. Da war er selig, der Depp.«

»Hast du mit ihm über die Situation gesprochen?«

»Wollt ich nicht. Ich hab mich um ihn gekümmert. Ich wollt mit der Frau nichts zu tun haben. Wahrscheinlich hätt ich mit ihr reden sollen, dann wär' alles anders gekommen. Nein. Hätt' nichts genützt. Mit der konnte man nicht reden, Henning hat's ja versucht. Hat's ja versucht. Er hat's ja versucht sein Leben lang. Der Henning. Die haben ihm diesen Namen verpaßt. Henning. Der hieß Henning Steiner. Härter geht's nicht. Der junge Henning Steiner, stand in der Zeitung, nachdem er im Gemeindesaal aufgetreten ist. War ja klar. Er war acht, also jung. Wir wollten Harry zu ihm sagen, aber das mochte er nicht. Er wollte, daß wir Henning sagen. Er hat drauf bestanden. Hat keiner von uns kapiert. Aber wir haben es respektiert.«

Jonas Vogel schwitzte, er mußte aufpassen, die Wendungen nicht zu verpassen, die Momente, in denen Julius etwas verbarg. Noch nie hatte Vogel eine Entblößungsvernehmung ohne Notizblock durchgeführt, nie ohne Protokollantin im Hintergrund.

»Fiel Henning das Lernen leicht?«

»Keine Ahnung. Nein. Wem fällt schon das Lernen leicht? Außer den üblichen Strebern. Auch wenn's dir leichtfallen würde, fällt's dir schwer, weil du keine Lust hast zu lernen, weil du lieber rausgehen willst, zum Schwimmen, zum Fußball, zu sonstwas. Der Henning hat gelernt, weil er dann seine Ruhe hatte. Niemand hat ihn belabert. Niemand hat ihn kontrolliert. Seine Mutter war glücklich. Der Bub hat funktioniert. Was gibt's Schöneres für eine Mutter als einen funktionierenden Sohn? Was? Sag, was?«

»Hat Henning wirklich funktioniert?« fragte Vogel.

»Natürlich nicht!« Unabsichtlich war Julius wieder laut geworden. Er kratzte sich am Bauch und warf einen Blick zum Fenster. Trotz der geschlossenen Vorhänge fiel Licht herein. Einen Moment lang stutzte Julius. »Er hat überhaupt nicht funktioniert«, sagte er. »Er hat bloß so getan, ist doch klar. Scheint die Sonne, hockt er in der Gruft. Sind Ferien, hockt er in der Gruft. Putzt. Mußte seiner Mutter beim Hausputz helfen. Sie war Hausfrau, schon vergessen? Hast du das vergessen? Sie ist den ganzen Tag daheim gewesen, was macht die dann? Hausputz. Natürlich haben sie kein Haus gehabt, soviel hat der Bankdirektor auch wieder nicht verdient, sie haben in einer Dreizimmerwohnung gewohnt, im Erdgeschoß. So eine Dreizimmerwohnung hat Fenster und Türen und

Fensterscheiben und Türrahmen. Heizkörper auch, sammelt sich Staub an, massenhaft Staub, täglich. Der muß weg. Also weg damit. Henning wischte und schrubbte und staubsaugte, damit alles sauber war, wenn der Bankdirektor heimkam aus Murnau. Das glaubst du jetzt nicht, ich seh's dir an, du denkst: Was redet mir der ein? Was will der damit beweisen? Hab ich recht? Hinter deinen blauen Augen ackert's. Was denkst du? Was denkst du über mich? Hältst du mich für einen Irren? Für einen Spinner? Hältst du mich für einen Märchenonkel? Hältst du mich für einen Volldeppen? Los, sag!«

»Ich halte dich für einen Freund, den jeder gern hätte«, sagte Vogel und wog jedes Wort in Sekundenschnelle ab. Seine Pausen zwischen den Sätzen fielen nicht auf. »Du bist jeden Morgen zur Schule gefahren und hast dir überlegt, wie du Henning helfen kannst. Die ganze Zeit hast du an nichts anderes gedacht. Du warst immer hundertprozentig auf seiner Seite.«

Julius antwortete nicht sofort. Er tat etwas, das Vogel nicht erraten konnte, so sehr er sich auch bemühte.

Julius hielt sich mit beiden Händen das Gesicht zu. Dann nahm er die Hände mit einer heftigen Bewegung runter, und sein Bein, das einige Zeit ruhig gewesen war, fing wieder an zu wippen.

»Kann schon sein. Egal. Misch dich da nicht ein. Die Ferien sind die schlimmste Zeit für ihn gewesen. Hat er mir immer erzählt. Nicht wörtlich. So war der nicht. Er hat sich nicht hingestellt und gejammert. Der Henning hat nie gejammert, hast du das gehört? Er hat sich vielleicht nicht gewehrt, und das war garantiert schlecht, das war sogar Scheiße, daß er sich nicht gewehrt hat. Aber gejammert hat er nicht. Und nie. Nicht mal in den Ferien. Die sind auch nie wohin gefahren in den Ferien. Wir auch nicht, meine Mutter und ich, aber wir hatten kein Geld, meine Mutter mußte in den Ferien erst recht arbeiten, wenn die Touristen kamen. Die haben das Freilichtmuseum besichtigt und die Seen und das Walchenseekraftwerk im übernächsten Ort und das alles. Manchmal hab ich den ganzen Tag im Alten Wirt verbracht, hab Teller ausgeteilt und abgeräumt, wenn Streß war. Die Gäste haben sich gefreut und mir Trinkgeld gegeben oder ein Eis spendiert. Für mich waren die Ferien schön. Keine Schule, rumlaufen, die Kinder von den Gästen ärgern, das war gut. Gut war das. Wenn's heiß war, hab ich am Nachmittag den Henning abgeholt, und wir sind zum Riegsee oder nach Schlehdorf rübergeradelt. Hab ihn abgeholt. Sein Vater arbeitete auch im August, keine Ahnung, wieso. Seine Mutter hat daheim geputzt oder den Rasen gemäht, sie haben im Parterre gewohnt, hast du das vergessen? Da war Wiese, die mußte jemand mähen. Henning hat das Gras zusammengerecht und die Terrasse gekehrt. Die ist dauernd schmutzig gewesen. Wegen der Autobahn. Da ist doch eine Autobahn direkt vor dem Fenster vorbeigegangen, da fuhren Lastwagen, da hat's gestaubt, da fiel Zeug von den Anhängern runter. Deswegen waren die Fenster dauernd dreckig. Wegen der Autobahn. Wegen der sechsspurigen Autobahn. Die hat alles versaut immer, das ganze Putzen. Deswegen war Hennings Mutter den ganzen Tag beschäftigt, im Sommer besonders, in den Ferien. Wegen der Lastwagen. Tag und Nacht fahren die. Schau nicht so.«

»Da war keine Autobahn«, sagte Vogel, der der Stimme genau zugehört hatte. »Und die Fenster wurden nicht jeden Tag schmutzig. Da war alles still rund ums Haus.«

»Da war alles still«, sagte Julius und verstand nicht, wieso er den Satz wiederholte. Er brauchte eine Weile, bis er weitersprechen konnte. Wieso er eine Weile brauchte, begriff er auch nicht. Aber er ahnte es. »Plingplong. Sauber alles. Ich hab ihn abgeholt, und er hat sich gefreut. Obwohl er eher ein finsterer Typ gewesen ist. Schwarze Haare, schwarze Augen, braune Haut, ziemlich braun war der immer, erstaunlich. Ist doch hauptsächlich im Zimmer gewesen. Ein echter Zimmerling war der. Das war sein Spitzname, aber den mochte er nicht. Zimmerling. Manchmal mußte er Klavier üben, wenn ich gekommen bin. Erklär mir mal, wieso man an einem sonnigen Ferientag mitten am Nachmittag Klavier üben muß. Erklär's mir, du Studierter. Wieso? Wieso denn? Vergiß es wieder. Er saß da und hat gespielt. Schwere Sachen. Oder so Übungen, plingplong, immer dieselben Töne. Seine Mutter brachte mir eine Limo. Ich hab die Limo getrunken und dem Henning zugehört. Halbe Stunde. Stunde. Nebenan hat's geklirrt oder gescheppert. Seine Mutter hat was geräumt. Dann sind wir los. Um halb sieben mußte er daheim sein, weil da sein Vater von der Arbeit kam. Wir sind dann rechtzeitig aufgebrochen. Brav. Ich bin wieder in den Alten Wirt und er ist den ganzen Abend daheim geblieben, obwohl er mit uns hätt' zu Abend essen können. Das war oft lustig in der Gaststube, mit den Gästen aus Norddeutschland und sonst woher, da war viel los. Viel los war da. Das war schon schön. Scheiß drauf.«

»Und die Mädchen?« sagte Vogel. »Die Ilka und ihre Freundinnen, konnten die Henning nicht helfen?« Die Namen der beiden anderen fielen ihm nicht mehr ein.

»Die Anni hat ihm Briefe geschrieben«, sagte Julius. »Die hab ich ihm dann weitergegeben. Und er hat Gedichte für sie geschrieben. Er war der einzige in Kleinweil und Großweil und der ganzen Umgebung, der Gedichte geschrieben hat. Mir hat er auch mal eins gewidmet. Die

Anni war natürlich gerührt. Sie hat immer glasige Augen gehabt, wenn sie sich bei mir bedankt hat, weil ich der Kurier war.«

»Die beiden haben sich nicht getroffen?« sagte Vogel.

»Doch. Selten. Sie ging in Schlehdorf in die Schule. Dann auf die Realschule, nicht aufs Gymnasium. Hennings Eltern sind kein Fan von der Anni gewesen, die war ihnen zu bäuerlich. Ihre Eltern hatten einen Hof, Kühe, Schweine, Hühner, dem Henning und mir hat das gefallen, wir waren dauernd dort, ich dauernd, er weniger dauernd. Das war die Falsche. Bauerstochter. Nicht erwünscht. Hab ich dir ja schon erklärt: Das zwanzigste Jahrhundert ist in Kleinweil noch nicht angekommen, das dauert noch. Vielleicht ist das zwanzigste Jahrhundert auch bloß bei der Familie Steiner in der Bahnhofstraße noch nicht angekommen gewesen. Hennings Mutter hat Angst gehabt, daß der Sohn vom Bankdirektor mit der Tochter vom Lehner-Bauern erwischt wird, das wär' dann schlecht gewesen. Wie in alten Zeiten. Frag mich mal, warum das dann schlecht gewesen wär'. Los, frag mich das mal.«

»Warum durften der Henning und die Anni nicht zusammen sein?« fragte Vogel.

»Ich verrat's dir«, sagte Julius in scheinbar verschwörerischem Ton. »Weil das im achtzehnten Jahrhundert verboten ist. Verstehst du das? Ist doch einfach. Lustig.«

Jedesmal, wenn er lustig sagte, klang es nicht im geringsten lustig, und er meinte es auch nicht so. Er meinte es verbittert, abfällig, und so klang es auch.

»Aber die Anni hat zu ihm gehalten«, sagte Vogel. Er hatte Durst, wollte das Gespräch jedoch nicht unterbrechen. Er schluckte und leckte sich die Lippen.

»Die Anni«, sagte Julius. »Die Anni. Die Anni mit den

großen Ohren. Sie hatte echt ganz schöne Löffel. Trotzdem war sie fast eine Erscheinung. Blond, geschneckelte Haare, Augen so blau wie deine und noch blauer, dunkler, und ein Lachen hell wie der Tag. So ein Lachen hast du noch nicht gehört. Das war schon fast überirdisch. Die hätt' Eintritt nehmen können für das Lachen, so schön war das. Sogar meine Mutter hat lächeln müssen, wenn sie das Lachen gehört hat, später dann, in der schweren Zeit, als sie nicht mehr arbeiten konnte, meine Mutter. Die Anni schrieb dem Henning immer weiter Briefe, die war auch schon ein Jahr älter als wir.«

Vogel nahm sich vor, die Bemerkung über Julius' Mutter nicht zu vergessen und überlegte, wie er sich das zwischen all den anderen Ereignissen merken sollte.

»Wie lange dauerte die Freundschaft zwischen Henning und der Anni?«

»Wie lang?« sagte Julius. »Wie lang hat die gedauert? Die hat gedauert bis Ostern. Ostern. Insgesamt fast zwei Jahre. Das ist eine Ewigkeit, wenn du erst zehn bist am Anfang. Sie hat Schluß gemacht. Sie hat das nicht mehr ausgehalten. Sie ist ja da schon fast vierzehn gewesen und wir erst zwölf. Vielleicht, kann schon sein, war der Henning ihr zu jung dann. Und es lag am Alter und nicht am Feigesein. Möglich wär's. Wär' schon möglich. Oder, was meinst? Los, sag. Sag!«

10

Donnerstag, 4.55 Uhr

»Du hast deine ganze Kindheit mit Henning verbracht«, sagte Jonas Vogel. »Gab es keine Hinweise auf das, was passieren würde?«

»Du Depp!« schrie Julius und sprang auf. Er stapfte zum Fenster, schlug mit der Faust in die Luft, drehte sich mit einem Ruck um und ging mit ausladenden Schritten zur Couch. Er hielt inne, blickte zum Sessel, neben dem die Pistole auf dem Boden lag und hörte dann nicht mehr auf, durchs Zimmer zu schlurfen.

Zwischendurch, während er redete, schien er nicht zu wissen, wohin er gehen sollte, und er machte einen Schritt in die eine, gleich darauf in die andere Richtung. Als wäre er eingesperrt, ging er von Wand zu Wand und beugte immer stärker den Rücken, ruckte krampfhaft mit der Schulter und wischte mit der flachen Hand über die eingetrockneten Blutflecken auf seinem Pullover.

Seine Worte und Sätze schienen ihn vorwärtszutreiben. Er lief, wie willenlos, atemlos, ohne Unterlaß. »Hau doch ab! Hinweise! Hau doch ab. Von dir laß ich mir nichts einreden. Du bist meine Geisel. Ist mir egal, ob du ein Bulle bist oder eine Kindergärtnerin, die deine Kollegen abknallen. Ich hab keine Hinweise gesehen. Ich hab auch keine Hinweise gehört und gerochen und geschmeckt, du Depp. Da sind nämlich keine Hinweise gewesen. Hast du das verstanden? Wir haben jeden Morgen auf den Bus gewartet, und der Henning war immer der letzte, der kam. Und der müdeste. So müd wie der war niemand von uns sonst. Alles normal. Abgesehen von den Gedichten, die er geschrieben hat. Mit elf. Ob die Gedichte gut waren, weiß ich nicht, davon versteh ich nichts, bis heut nicht. Gedichte sind für mich unverstehbar. Egal. Der Henning hat sich dran festgehalten. Und ich glaub, er schrieb schon früher Gedichte, schon vor der Anni, er hat's nur niemandem gesagt, nicht mal mir. Das hatte er manchmal so an sich. Er hat was Heimliches mit sich rumgetragen.«

Er blieb stehen, drehte den Kopf, als suche er etwas, und setzte seinen Rundgang fort.

»Wenn ich ihn nicht regelmäßig da rausgeholt hätt, wär er wahrscheinlich da drin verreckt, und das wär ihm egal gewesen. Ist doch egal, ist doch egal, das war sein Spruch. Als hätt das gestimmt, als wär ihm irgendwas egal gewesen. Dem Henning war gar nichts egal. Gar nichts egal war dem. Er hat bloß nie drüber geredet. Ich glaub, wenn's nach ihm gegangen wär, hätt er überhaupt nicht geredet. So maulfaul war keiner von uns sonst. Der hat einfach nichts gesagt, wenn man ihn nicht angeredet hat. Der hätt den ganzen Tag den Mund gehalten. Zehn war der Henning und schon verliebt. Die Anni. Die Anni mit ihrem Schneckerlhaar und den blauen Augen und ihrem ganzen Wesen. Die Anni und der Henning. Das ist ja auch verboten in dem Alter, daß zwei Kinder sich an der Hand halten und in die Augen schauen wie Verliebte. Das darf nicht sein, schon gar nicht im Dorf. Schon gar nicht in Kleinweil. In Kleinweil darfst du dich auch als Erwachsener nicht an der Hand halten, das mögen die Leute nicht. Achtzehntes Jahrhundert. Daß der Henning ein

Kind gewesen ist, hab ich vergessen gehabt lange Zeit. Später, nachdem wir nach München gezogen sind, meine Mutter und ich. Mußt mich um sie kümmern und hab nicht mehr jeden Tag an Henning gedacht. Zuerst haben wir in der Höllriegelskreuther Straße gewohnt, in Thalkirchen, dann in der Greineckstraße beim Franziska-Reindl-Platz, wo der große Ahorn steht. Nicht weit weg von der Höllriegelskreuther Straße. Warum sind wir ausgerechnet in die Gegend vom Tierpark gezogen? Warum? Sag!«

Abrupt hielt er vor der Couch inne, auf der Jonas Vogel zurückgelehnt saß, mit schweißnassem Rücken und dumpfer werdenden Kopfschmerzen und einem höllischen Durst.

»Warum?« sagte Julius. Anstatt eine Antwort abzuwarten, drehte er die nächste Runde durchs Zimmer. »Wird schon einen Grund gehabt haben. Greineckstraße. In der Nähe ist gleich der Fußballplatz, auf dem ich oft war, mit meinen neuen Freunden. Meine Mutter hat manchmal im Wienerwald gearbeitet, den gibt's heut nicht mehr in der Gegend. Beim Tierpark. Damals dachte ich, ich hätt das Lachen von der Anni in einer schalldichten Dose aufbewahren sollen und es meiner Mutter vorspielen, wenn sie wieder die Rollos runterzog und die Vorhänge vorzog und sich ins Bett verzog. Sowas hab ich gedacht, da war ich schon fünfzehn oder sechzehn, viel zu alt für so Mistgedanken. Einmal an Weihnachten saßen wir im Wohnzimmer.«

Wieder blieb er mitten im Gehen stehen. Er schaute sich um, rieb mit der flachen Hand über die Flecken auf seinem Pullover, zog die Stirn in Falten wie jemand, der überlegt, ob er sich womöglich verlaufen habe. Vornübergebeugt schlurfte er weiter.

»Haben Schweinswürstel gegessen«, sagte Julius. »Mit Kartoffelsalat. Meine Mutter mochte das, ich nicht. Hab's aber gegessen, weil Weihnachten war. Magst noch zwei? hat sie immer gefragt, magst noch zwei, magst noch zwei. Da hör ich gleich ihre Stimme wieder, wie damals. Und da an Weihnachten wollt sie wissen, was mit Henning wirklich los war. Sonst sprachen wir nie über ihn, nie mehr nach dem Umzug. Henning war tabu, für meine Mutter. Nicht für mich. Dann fragte sie mich plötzlich, was mit ihm gewesen ist, und ich hab gesagt, daß ich es nicht weiß. Aber das stimmt nicht. Das stimmt nicht. Stimmt nicht.«

Das sagte er zwölfmal hintereinander.

»Stimmt nicht. Ich hab's gewußt, aber ich wollt's meiner Mutter nicht sagen. Obwohl ich schon siebzehn war. Wollt' nicht. Oder hab's nicht geschafft. Und eigentlich, verstehst du, weiß ich echt nicht viel. Heut noch weniger als damals am Heiligen Abend. Ich hab mir bloß eingebildet, daß ich was weiß. Weil: Ich hätt doch was wissen müssen. Wer denn sonst? Der Henning war mein bester Freund. Und ich war sein bester Freund. Bis zum einundzwanzigsten Juni. Am einundzwanzigsten Juni ist er weg und ich hab ihn gesucht. Einundzwanzigster Juni. Und am zwanzigsten Juni las er mir am Riegsee sein Gedicht vor. Er las mir mehrere Gedichte vor, aber eins hat er mir zweimal vorgelesen, das war ihm wichtig. Es ging natürlich um die Anni. Um die Anni, die ihn nicht mehr mochte. Sie wollt nicht mehr mit ihm heimlich Händchen halten und ihm in die Augen schauen, und er durft ihr nicht mehr in die blauen Augen schauen. So war das. Darüber schrieb er ein Gedicht. Schönes Gedicht. Hab's mir angehört. Nach dem Mittagessen sind wir zum Baden, er durfte mitgehen, seine Mutter hat's erlaubt. Vielleicht, weil

Sonntag war. In der Früh haben wir noch ministriert, der Henning und ich, wir waren beide eingeteilt, das kam nicht oft vor, daß wir gemeinsam im Gottesdienst gewesen sind. Hast du mal ministriert, Vogel? Sag.«

»Nein.«

»Aber katholisch bist du schon.«

»Ich bin aus der Kirche ausgetreten.«

»Glaub ich nicht.«

»Wieso nicht?«

Julius wischte durch die Luft und ging vor der Couch auf und ab. »Du bist aus der Kirche ausgetreten?«

»Ja.«

»Schon lang?«

»Vor mehr als dreißig Jahren.«

»Keine Lust mehr, oder?«

»Nein.«

»Versteh ich. Versteh ich. Versteh ich. Pfarrer Hofmayr. So hieß der. Bei dem haben wir ministriert. Auch am einundzwanzigsten Juni. Stimmt ja gar nicht. Der einundzwanzigste ist der Montag gewesen. Am zwanzigsten haben wir ministriert, und dann sind wir zum Riegsee geradelt, und der Henning las mir das Gedicht vor. Plingplong. Gedichte. Abends waren wir wieder pünktlich daheim, er bei sich, ich im Alten Wirt. Am nächsten Morgen ist er nicht zum Bus gekommen. Da hab ich gedacht, er hat die Nacht auf dem Campingplatz verbracht, oder irgendwo draußen. Es war ja warm. Wie im Sommer war's schon.«

»Er war zwölf«, sagte Vogel. Lange würde er es nicht mehr auf der Couch aushalten, sein verschwitzter Rücken tat ihm weh, seine Beine wurden schwer, und er mußte auf die Toilette. Und die Ruhe, die er vor dem Haus wahrzunehmen glaubte, irritierte ihn mehr, als daß sie ihn in

Sicherheit wog. »Haben seine Eltern nicht Himmel und Hölle in Bewegung gesetzt, um ihn zu finden? Sie haben sich doch sonst ständig um ihn gekümmert.«

Wie schon einige Male blieb Julius abrupt stehen. »Wenn ich mich vors Fenster stelle, schießen die dann?«

»Die Vorhänge sind doch vorgezogen«, sagte Vogel.

»Dir kann man nichts vormachen.«

»Sie werden nicht schießen.«

Das Telefon klingelte. Julius fuhr herum und starrte das auf dem Boden bei der Tür liegende Gerät an.

Vogel stand auf.

»Bleib bloß sitzen!« befahl Julius und hastete zum Sessel und hob die Pistole auf und zielte auf Vogel. »Setz dich hin. Du sollst dich hinsetzen!«

»Ich muß ein paar Schritte gehen.« Vogel ging los.

Julius wußte nicht, was er tun sollte. Das Telefon klingelte.

»Geh ran«, sagte Vogel und dirigierte sich mit dem Stock durchs Zimmer.

Nach einem Zögern rannte Julius zur Tür und griff nach dem Telefon. »Ist mein Geld da?« schrie er. Er hörte zu, dann drückte er auf den Knopf und ließ das Telefon fallen. »Der Herr Endres schon wieder. Er sagt, sie können auf die Schnelle fünftausend auftreiben und einen Audi, ob ich einverstanden wär. Bin ich nicht. Brauch ich nicht. Hör zu, Vogel. Hörst du mir zu? Und setz dich wieder hin.«

Sie werden stürmen, dachte Vogel und sagte: »Hast du was dagegen, wenn ich mich an die Wand lehne? Mein Rücken ist verspannt, ich kann nicht mehr sitzen.«

Julius kratzte sich am Bauch. »Von mir aus. Egal.« Er betrachtete die Pistole und strich mit der rechten Hand über den Lauf. »Neun Millimeter Parabellum. Von einem

Freund aus Prag. Liegt perfekt in der Hand. Ideal für Linkshänder.« Er verstummte. »Du siehst blaß aus, Vogel. Schaffst du's noch?«

»Was denn?«

»Ich brauch dich nämlich noch. Ich bin noch nicht fertig.«

»Wohin ist dein Freund gegangen?« Vogel preßte den Rücken gegen die kühlende Wand. »Wer hat ihn gefunden?«

»Ein Flamingo.«

Vogel zeigte keine Reaktion.

»Ein Flamingo«, wiederholte Julius. Mit erhobener Waffe machte er einen Schritt auf den Kommissar zu. »Flamingo!« schrie er. Dann keuchte er, ruckte mit der Schulter und streckte den Bauch vor. »Der wacht auf, stolziert durch seinen Teich und schaut zum Baum hoch. Rat mal, was das für ein Baum war? Rat mal. Los, rat!«

»Ein Ahorn«, sagte Vogel.

»Du Depp!« rief Julius. »Der Ahorn steht am Franziska-Reindl-Platz. Hörst du nicht zu? Eine Linde war das. Gegenüber von dem Kiosk, der heut da steht. Egal. Ist doch egal. Egal. Er hat sich in der Linde aufgehängt. Oben, ganz oben. Ganz oben in der Linde von Hellabrunn. Direkt neben den Flamingos. Da sind sie bleich geworden vor Schreck, die Flamingos. Einen Tag lang waren die nicht mehr rosa, sondern käsweiß. Ein Wunder, haben die Leute gedacht. Aber das war kein Wunder. Stimmt's? War kein Wunder.«

Julius sah Vogel an, wie dieser an der Wand lehnte, und stellte sich neben ihn. Er drehte ihm den Kopf zu, grinste, nickte, schien angestrengt über etwas nachzudenken. Vorsichtig, als traue er der Wand nicht, lehnte er sich dagegen und legte den Kopf in den Nacken.

»Gute Idee, Meister.« Für einen Moment schloß Julius die Augen. »Da ist er hin. Nach München. In den Tierpark. In der Nacht. Wie ist er da hingekommen? Sag. Kriminalist. Sag. Hinweis: Um fünf war er daheim, das steht fest. Ich bin zum Alten Wirt geradelt, er mußte wahrscheinlich beim Sonntagsputz helfen. Terrasse fegen. Wegen der Autobahn. Verstehst schon. Um fünf daheim. Und dann? Und dann?«

»Gibt es einen Bahnhof in Kleinweil?« sagte Vogel, auf den Stock gestützt, mit wachsender Besorgnis über die Pläne seiner Kollegen.

»Kein Bahnhof da«, sagte Julius, ohne den Kommissar anzusehen. Er blickte zur gegenüberliegenden Wand, zu den Büchern auf den blauen und roten Regalen. »Bloß eine Bahnhofstraße. Er hat sein Radl genommen. Ist ins übernächste Dorf geradelt und da in den Zug gestiegen und nach München gefahren. In Tutzing stieg er in die S-Bahn um. So einfach. Haben deine Kollegen alles blitzsauber rekonstruiert. Kein böser Onkel, er war ganz allein, der Henning. Seine Eltern dachten, er wird schon wiederkommen. Die haben das doch nicht für möglich gehalten. Die dachten doch nicht ernsthaft, daß der Henning weggeht. Weg, weg in echt. Verstehst du? Verstehst du, was ich sag? Daß der weggeht, das hat keiner für möglich gehalten. Unverstehbar. Der Henning. Servus, Henning. Er hat dann immer zurückgegrüßt. War sehr höflich, der Henning. Die Beerdigung war einmalig, das ganze Dorf stand am Grab rum. Die Mutter heulte. Ist ja klar. Ob der Vater heulte, weiß ich nicht mehr. Großes Heulen plötzlich.«

»Und du?« sagte Vogel. »Hast du geweint?«

»Du Depp.« Mit einem Ruck löste Julius sich von der Wand und drückte den Pistolenlauf gegen Vogels Arm.

»Wenn ich jetzt abdrück, dann weinst du. Wetten? Wetten?«

»Von wem hast du erfahren, was am einundzwanzigsten Juni passiert ist?«

»Geht dich das was an? Von wem ich das erfahren hab! Vom Postboten, von wem sonst?« Er zielte auf Vogels Gesicht, starrte ihm in die Augen. »Die Bullen haben mir das mitgeteilt. Der Polizeioberunterwachtgutnachtmeister Fink. Von dem hab ich das erfahren. Der war bei Hennings Eltern. Ich war auch da. Vor dem Haus. Hab gewartet. Daß Henning auftaucht. Ich war ja schon überall, wo ein Versteck hätt sein können. Verstehst du? Ich sitz auf der Bank gegenüber vom Haus und da kommt der Streifenwagen daher. Hinterm Steuer der Polizeioberunterwachtgutnachtmeister Fink. Der war aus Großweil, den kannte jeder. Finki. Er ging ins Haus, mit seinem Kollegen, den hatt ich noch nie gesehen. Als der Finki wieder rauskam, bin ich zu ihm hin. Er sagte, der Henning hat sich was angetan. Was? hab ich gefragt, weil ich das genau wissen wollt. Er hat sich erhängt, sagt Finki. Wo? frag ich, und der Finki sagt: In München. Wo? frag ich, und er sagt: Im Tierpark Hellabrunn. Ich hab gedacht, er verarscht mich. Ich hab gedacht, der scheißt mich an mit meinem besten Freund. Also hab ich ihm ins Gesicht gespuckt. Voll unters linke Auge, volle Ladung. Da holt er aus und scheuert mir eine. Voll ins Gesicht. Mich hat's fast umgeweht. Du Sau, hab ich zu ihm gesagt. Er hat sich das Gesicht abgewischt und mich weggeschoben. Dann sind sie abgefahren, der Finki und sein Hiwi. Mir hat das Gesicht gebrannt. Erhängt. Im Tierpark erhängt. So eine Lüge. Aber daheim sagte meine Mutter, daß das stimmt. Daß das wahr ist. Später war dann alles klar und bewiesen. Sauber rekonstruiert. Mit dem Radl zum Zug, mit dem Zug zur S-Bahn, mit der S-Bahn zum Marienplatz, vom Marienplatz mit dem Bus zum Tierpark. Henning ist über den Zaun geklettert und auf den Baum rauf. Auf den Baum rauf. Auf die Linde rauf. Linde, du Depp, kein Ahorn. Das Seil hatte er schon dabei. Alles vorbereitet. In der Nacht hat er sich aufgehängt. Aufgehängt. Aufgehängt. Er hing da im Baum, ganz oben. Todestag: einundzwanzigster Juni. Alles rekonstruiert. Ein Flamingo hat ihn als erster gesehen, dann ein Tierpfleger. Finki hat mich gelöchert, ob ich was weiß, ob der Henning was erwähnt hätt, ob er Andeutungen gemacht hätt. Der Finki hat das gleiche Zeug gefragt wie du. Und ich hab das gleiche zu ihm gesagt wie zu dir: Ich weiß nichts. Und zu meiner Mutter hab ich das gleiche gesagt. Ich weiß nichts. Er hat sich aufgehängt. Er ist nach München gefahren in der Nacht und hat sich im Tierpark in die Linde gehängt. Er war gern im Zoo, wir waren auch mal zusammen da. Der Henning wollt Tierpfleger werden. Seine Eltern haben ihn ausgelacht, das war ja klar. Auf dem Friedhof haben sie nicht gelacht. Haha. Haha. Haha.«

»Hast du das Gedicht dabei?« fragte Vogel unvermittelt, in unauffälligem Ton.

Julius antwortete nicht sofort.

»Was für ein Gedicht?« Aus Julius' Stimme hörte Vogel alles heraus, was er erhofft hatte, das Rauschen unter dem Eis.

»Das Gedicht, das dir Henning am Riegsee zweimal vorgelesen hat«, sagte Vogel.

Allmählich endete das Entblößen.

Nach einem langen Schweigen, währenddessen Julius sich keinen Millimeter bewegte, sagte er: »Willst du's sehen? Ich zeig's dir. Ich zeige es dir.« Er bückte sich nach seiner Jacke, die knisterte, holte ein zusammengefaltetes kariertes Blatt aus der Tasche und baute sich vor dem Kommissar auf. »Und jetzt Obacht.«

Er faltete das Blatt auseinander, schüttelte es, hielt es hoch, die beschriftete Seite nach vorn. »Da ist es. Das Gedicht. Für Annemarie steht drüber. Siehst du? Für Annemarie. Jetzt lies. Lies. Das Gedicht.« Er hielt das Blatt dicht vor Vogels Gesicht. Der Kommissar roch das alte Papier.

Julius wandte sich um, stieß einen Schrei aus, beugte sich über die Jacke und fingerte in den Taschen herum.

»Paß auf«, rief er.

Er hatte ein Feuerzeug in der Hand. Er knipste die Flamme an und hielt das Blatt darüber. »Schau, Vogel. Riechst du's? Was riechst du? Ein brennendes Gedicht. Gleich vorbei. Für Annemarie. Ist nicht meine Schuld, daß deine blauen Augen nichts mehr sehen.«

Er kniete sich auf den Teppich, hielt den rechten Arm hoch und sah zu, wie das Papier verkohlte. Als nur noch die Ecke zwischen seinem Daumen und Zeigefinger übrig war, ließ er es los, packte die Jacke und erstickte den letzten Rest Feuer.

Es stank nach angebranntem Kunststoff.

Julius blickte zu Vogel, der einen Schritt von der Wand weggegangen war.

»So war das«, sagte Julius. »So ist das gewesen. Und heut und gestern war der einundzwanzigste Juni, und das ist jetzt alles auf den Tag genau zwanzig Jahre her. Zwanzig Jahre lauf ich mit dem Gedicht durch die Welt und krieg's nicht los. Dank dir bin ich's jetzt losgeworden. Nach genau zwanzig Jahren. Weil du blind bist. Weil du das Gedicht nicht lesen konntest. Danke, Vogel. Und jetzt will ich mein Geld und die Kiste, sonst knall ich dich ab, und das ist ein Fakt.«

11

Donnerstag, 3.22 Uhr

»Möchten Sie noch einen Schoppen, gnädige Frau?« fragte der Kellner mit österreichischem Akzent.

»Na«, sagte Esther Vogel, als wolle sie seinen Dialekt nachahmen und nicht auf hochdeutsch nein sagen. »Und ich bin nicht gnädig. Ich bin gnadenlos.«

»Das glaub ich nicht.«

»Sind Sie gläubig?«

»Das ist halt so eine Sache mit dem Glauben«, sagte der Kellner, der ungefähr sechzig Jahre alt war und einen grauen, gezwirbelten Schnurrbart hatte. »Man kann sich nicht recht drauf verlassen. Aber in der Kirch' bin ich immer noch.«

»Sie glauben also an Gott.«

»Na ja. Sie?«

»Wozu denn?«

»Bittschön?«

»Wozu soll ich an Gott glauben?« sagte Esther Vogel.

»Wegen Ihrem Seelenheil.« Der Kellner nahm das leere Weinglas. Sein Rasierwasser fand Esther süßlich.

»Um mein Seelenheil kümmere ich mich schon selber. Noch einen Wein, bitte.«

»Sehr gern.«

Der Kellner ging zum Tresen, und Esther stützte den Kopf in die Fäuste. Sie saß an einem großen Tisch an der

Wand, allein, auch die zwei Tische vor und hinter ihr waren leer. Obwohl das verwinkelte, dunkle Lokal bis sechs Uhr früh geöffnet hatte, kamen in dieser Nacht nur wenige Gäste herein, die meisten blieben höchstens für zwei Biere. Die wenigen, die schon so lange wie Esther oder länger da waren, verwalteten stumm ihren Rausch oder redeten aufeinander ein, mit immer denselben Sätzen, denselben Gesten. Zu Esthers Bedauern spielte keine Kapelle, die Musik kam aus dem Radio, Schlager und Oldies, unterbrochen von Nachrichten, die niemanden interessierten. Manchmal roch es nach Currywurst und Pommes frites, da bekam Esther fast Hunger. Das Trinken genügte ihr dann aber.

»Sehr zum Wohl, gnädige Frau.« Der Kellner stellte das verzierte, grüne Weißweinglas auf den Bierdeckel. »Möchten Sie etwas speisen?«

»Glauben Sie, ich werde sonst ausfällig, wenn ich zuviel trinke?«

»Das glaube ich nicht.«

»Sie sind also gar nicht so gläubig, wie Sie behauptet haben.« Esther prostete dem Kellner zu und trank einen Schluck.

Er wurde nicht schlau aus ihr. Sie gefiel ihm, er mochte Frauen, die nicht mehr jung waren und noch nicht alt und nachts allein um die Häuser zogen. Er hätte sie gern nach ihrem Namen gefragt. Etwas hielt ihn davon ab, vielleicht fürchtete er, sie würde zu schnell auf ihn eingehen und womöglich warten, bis er Dienstschluß hatte. Dann hätte er ihr erklären müssen, daß zur Zeit eine Bekannte bei ihm wohne, aber er nur ein Zimmer habe und so weiter. Ein Glas hätte er schon mit ihr getrunken. Doch sie hatte diesen verlorenen, unsteten Blick, und er kannte zu viele Frauen mit diesem Blick, und er hatte sie alle nicht ertragen, nicht länger als drei oder vier Monate. Noch dazu, bildete er sich ein, hatte diese Frau etwas von einer Witwe, er konnte nicht erklären, wieso. Sie trug einen dunklen Pullover und einen dunklen Rock und vermittelte den Eindruck von jemandem, der in Trauer war. Und sie redete von Glauben und Gott. Er beschloß, sie vorerst in Ruhe zu lassen. Lächelnd wandte er sich zum Gehen.

Esther schaute ihm nicht hinterher. Sie schaute nirgendwo hin. Sie strich mit den Zeigefingern über das geriffelte Glas, hörte die Musik wie von fern und dachte an ihren Mann. An wen sonst? Doch auch wenn sie unentwegt an ihn dachte, hatte sie keine Vorstellung von ihm, von der Situation, in der er sich befand, von den Umständen und dem Grauen. Nur ihr eigenes Grauen empfand sie vollkommen klar. Nichts lag im verborgenen. Sie war dabei zu verschwinden, das registrierte sie überdeutlich, wenn sie in den Spiegel sah, wie vorhin auf der Toilette. Sie konnte zusehen, wie sie unsichtbar wurde, endlich, dachte sie und trank einen Schluck Veltliner, endlich werde ich unsichtbar und niemand raubt mir mehr den freien Blick. Wenn sie nicht gesehen wurde, konnte sie um so besser sehen, davon war sie überzeugt, seit Jahren, seit dem Tag, an dem Max ihr mitteilte, er würde Beamter werden. Und sie hatte sofort gewußt, welche Art Beamter er meinte. Von diesem Moment an wünschte sie, sie könne zaubern und sich für alle Zeit aus der Welt zaubern, raus aus der Familie, raus aus der Angst und ins Freie hinein. Nun war es soweit: Nun war sie hier und würde nicht wieder zurückkehren zu den Leuten, die sie seit jeher mit ihren Schatten bewarfen.

Alles Schattenwerfer, dachte sie und trank, aber ich fang nie wieder einen auf, nie wieder und nie wieder und nie wieder.

Als sie das Glas auf den Deckel zurückstellte, war es leer. Sie hielt nach dem Kellner Ausschau und sah ihn nirgends, nur die zwei uniformierten Polizisten, die bei der Tür zur Treppe standen und mit dem Wirt redeten. Sie duckte sich und rutschte näher zur Wand hin.

Vielleicht, dachte sie, sollte sie den Kellner auf ein Glas einladen. Allerdings müßte sie, wenn er sich hersetzte, das Rasierwasser noch stärker einatmen, und das wäre sehr unangenehm.

Außerdem mußte sie allein bleiben.

Blöder Kellner, dachte sie und traute sich aus Furcht vor den Polizisten nicht, den Kopf vorzustrecken.

12

Donnerstag, 2.48 Uhr

Sie nippte am Mineralwasserglas, das Katrin Vogel ihr gegeben hatte, und sah sich staunend um. Katrin hatte sie nicht in die Wohnung mitnehmen wollen, weil sie der Meinung war, in ihrem Übungsraum wäre die Atmosphäre entspannter und Silvia Klages wäre vorübergehend abgelenkt. Und Katrin schien recht zu behalten.

Silvia lächelte sogar, und ihre Hände hörten auf zu zittern. Sie trug den dunkelroten Pullover von Yvonne Papst und eine Jeans und weiße Schuhe von Katrin.

Sie saßen an dem kleinen viereckigen Tisch unterhalb des schmalen Fensters. An diesem Tisch schrieb Katrin ihre Texte oder die Arrangements für ihre Stücke.

Der Kellerraum war vollgestellt mit Mikrophon- und Notenständern, drei elektrischen und drei akustischen Gitarren, einem E-Piano, einem Schlagzeug, Kongas, Bongos, Lautsprecherboxen, Verstärkern und einem Mischpult. Überall lagen Kabel herum, die Wände waren mit Styropor isoliert. Der Tisch war übersät mit vollgekritzelten Blättern, die Katrin auf einen Haufen geschoben hatte.

»Sie spielen Gitarre«, sagte Silvia.

»Gitarre, und ein wenig Klavier und die Bongos, wenn's paßt«, sagte Katrin. »Und ich singe.«

»Sie sind eine professionelle Musikerin?«

»Ich will eine werden. Ich arbeite noch in einer Schreinerei. Aber nicht mehr regelmäßig.«

»Das ist wunderbar.« Silvia nippte am Mineralwasser. »Ich muß mit den Kleinen im Kindergarten singen, das fällt mir schwer. Ich bin ganz unmusikalisch.«

»Niemand ist ganz unmusikalisch«, sagte Katrin. »Man muß sich nur trauen.«

Eine Weile schaute Silvia sich wieder um, stumm, mit krummen Schultern und gerunzelter Stirn. Dann stellte sie das Glas mit übertriebener Vorsicht an den Rand des Tisches. »Sich trauen ist nie einfach«, sagte sie, wie zu sich selbst. »Sich trauen ist das schwerste überhaupt.« Sie hob den Kopf. »Ruft ihr Bruder an, wenn alles vorbei ist?«

»Klar. Wollen wir uns nicht duzen? Ich bin die Katrin.«

»Silvia.« Sie hatte den Namen fast gemurmelt.

»Wie meine zweite Gitarristin«, sagte Katrin. »Die Silvi. Die spielt sensationell, sie spielt alle Soli, sie ist ein As. Möchtest du nicht doch ein Bier?«

»Nein, danke. Das ist wirklich nett, daß du mich mitgenommen hast. Ich hätte sonst nicht gewußt, wohin. Das ist eigentlich gemein.« Sie sprach langsam, unsicher. »Was denkt der Roland jetzt von mir? Der wartet doch auf mich, im Krankenhaus. Ich konnte da aber nicht hin. Das ging nicht. Ich mag Krankenhäuser von Haus aus nicht. Und heut nacht. Heut nacht. Ich darf nicht daran denken. Hat Ihnen, hat dir dein Bruder gesagt, was mit meinen Eltern passiert ist?«

»Ja«, sagte Katrin.

Max hatte ihr, nachdem er sie überredet hatte, die Frau mitzunehmen, von dem Überfall am Ammersee erzählt und seltsame Andeutungen gemacht, die ihren Vater und dessen Äußerungen betrafen, die sie nicht verstanden hatte. Auf der Straße, mitten in der Nacht, nach zwei Stunden in einer Zelle, in Gegenwart vermummter, bewaffneter Einsatzleute, war sie konfus und überfordert gewesen. Ihre Mutter war verschwunden, und niemand glaubte ihr, daß sie nicht nach Hause gegangen war. Was sie mit dem verstörten, halbnackten Opfer anfangen solle, fragte sie ihren Bruder und Ludger Endres, und sie baten sie eindringlich, Silvia wegzubringen, bevor sie den Reportern in die Hände fiel. Das war das erste Mal, daß Katrin der Polizei einen Gefallen erwies, ihre Einstellung zum Beruf ihres Vaters und ihres Bruders war seit jeher zwiespältig, und wenn sie deswegen in Streit gerieten, stand ihre Mutter immer auf ihrer Seite.

Max hatte sie und Silvia Klages in die Herrenchiemseestraße gefahren, ohne daß Journalisten auf sie aufmerksam geworden waren, und war dann an den Tatort zurückgekehrt. Er versprach, sich sofort zu melden, wenn sie ihren Vater befreit und ihre Mutter gefunden hätten. Bleib ruhig, hatte er zu ihr vor dem Haus gesagt, und sie hatte nichts erwidert, nur gedacht, wie unruhig und angespannt er wirkte.

»Darf ich dich was fragen?«

Silvia nickte und hielt die Luft an.

»Wie ist der Einbrecher in deine Wohnung gekommen? Hat er ein Fenster eingeschlagen?« Im selben Moment wurde ihr klar, daß sie diese Frage nicht hätte stellen dürfen. Ihre Neugier hatte sie überrumpelt. »Entschuldige«, sagte sie schnell. »Das geht mich …«

»Ich hab vergessen, das Fenster zum Garten zuzumachen.« Mit beiden Händen umklammerte Silvia die Tischkante. »Ich bin so dumm. Ich hab mich so gefreut auf … Roland war doch da, wie an jedem Abend, aber diesmal … Diesmal. Und ich vergess das Fenster. Es war so warm in der Wohnung. Ich war so aufgeregt wegen …

Wegen. Aber, weißt du, das Fenster war nicht zum ersten Mal offen, bestimmt nicht. Und da ist noch nie jemand … Da ist noch nie was passiert. Die Gartentür ist doch abgeschlossen. Glaub ich. Ich weiß nicht mehr. Manchmal vergessen die Schmidingers … Sie vergessen die Tür. Und ich auch. Lautlos war er da.«

»Möchtest du …?« sagte Katrin.

Silvia hörte nicht hin. Sie war zurück in ihrem Schlafzimmer, in ihrem Bett, mit Roland, der gekommen war, um endlich wieder mit ihr zu schlafen. Und sie freute sich darauf. Sie wußte nicht mehr, ob sie sich darauf gefreut hatte. Sie hatte gebadet und das Bier in den Kühlschrank gestellt, weil Roland gern Bier trank. Sie hatte auf ihn gewartet.

»Ich hab auf ihn gewartet«, sagte sie zu Katrin und sah sie an und klammerte sich an die Tischkante. »Seit dem Mittag. Ich arbeite ja nur halbtags. Das ist eigentlich dumm. Aber mehr schaffe ich noch nicht. Immer noch nicht. Das geht schon. Das wird schon besser. Die Psychologin hat mir sehr geholfen, die Frau Doktor Wallhof. Kennst du die?«

»Ihren Namen hab ich schon gehört«, sagte Katrin, ratlos, wie sie die Nacht mit der Frau überstehen sollte.

»Ohne sie wäre ich wahrscheinlich durchgedreht. Das wollte ich nicht. Ich bin jetzt auf dem Weg der Besserung. Aber ich weiß nicht. Der Mann. Er hat gesagt, wir kennen uns aus der Gleiswirtschaft. Ich hab mich dann auch erinnert. Da hieß er anders. Julius. Er hieß Julius, nicht Henning. Wieso hat er sich vorhin Henning genannt? Wieso? Wieso ich? Wieso ausgerechnet ich?«

Sie krallte ihre Finger in das harte Holz. Wieder schaute sie die Instrumente an, eines nach dem anderen. »Du, Katrin?« sagte sie und drehte schwerfällig den Kopf.

»Magst du mir nicht einen Song vorspielen? Einen schönen Song von dir. Mit Gitarre und Gesang. Bitte. Ich würd dir so gern zuhören.«

»Okay«, sagte Katrin. Sie hatte nicht die geringste Lust. »Aber vorher hol ich mir ein Bier. Und du kriegst auch eins.« Sie ging zu dem kleinen weißen Kühlschrank in der Ecke.

»Hast du den aus einer Minibar im Hotel geklaut?« fragte Silvia.

»Geklaut hab ich ihn«, sagte Katrin und öffnete die Tür, und es klirrte. »Aber nicht aus einem Hotel.«

»Aber dein Vater und dein Bruder sind bei der Polizei.«

»Sie glauben, er ist ein Geschenk von Silvi und Tom, meinem Pianospieler«, sagte Katrin. »Helles oder Pils?«

Donnerstag, 0.07 Uhr

Am Anfang des Tages war alles einfach gewesen und am Ende des Tages wieder. So einfach. Seit einer Stunde stand sie vor dem Abreißkalender und schaute das Datum an. Einundzwanzigster Juni. Wie hätte sie dieses Datum je vergessen können? Jedes Jahr am einundzwanzigsten Juni kam ihr Sohn zu Besuch, und dann kochte sie für ihn, und sie aßen gemeinsam, und wenn sie in solider Verfassung war, trank sie mit ihm eine Flasche Wein, und sie hatten gute drei oder vier Stunden. Heute hatte er nicht angerufen, zum ersten Mal, und so hatte sie versucht, ihn zu erreichen, zuerst in der Arbeit, dann zu Hause, dann, gegen eins, noch mal in der Arbeit, und Hans, sein Kollege in der Getränkehandlung, sagte, Julius habe freigenommen, weil er wahnsinnige Zahnschmerzen hätte, nach dem Besuch beim Zahnarzt wolle er sich aufs Ohr legen. Nike Fest hatte kein Wort geglaubt. Julius hatte nie Zahnschmerzen, und selbst wenn er welche gehabt hätte, hätte er sie angerufen. Sie waren verabredet gewesen, wie jedes Jahr.

Die schwarze 21 auf dem Abreißkalender. Eine Stunde lang starrte sie hin wie auf eine magische Zahl. Sie bemerkte nicht, wie die Zeit verstrich. Erst als sie vom Tresen, der die Küchenzeile vom Wohnbereich trennte, zum Fenster ging, sah sie auf dem roten Wecker, wie spät es geworden war. Die Balkontür stand offen. Eigentlich wollte Nike hinausgehen, um Luft zu schnappen. Doch dann ließ sie sich aufs Sofa fallen, goß Rotwein in ihr Glas und trank es in einem Zug aus. Zwei Flaschen Merlot, das war nicht schlimm. Einen oder zwei Averna zur Verdauung. Sie hatte sich einen Doseneintopf heißgemacht und den Brei tatsächlich gegessen. Wahrscheinlich waren es doch drei Averna gewesen.

Vielleicht sollte sie ihren Sohn noch einmal anrufen. Sie hatte vergessen, wo sie das Telefon hingelegt hatte. Irgendwo lief laute Musik, die dumpf durch die Wände drang. Dann fiel ihr Blick auf die leere Weinflasche, die sie unter den Glastisch gestellt hatte. Also waren es drei. Das war unmöglich. Eine Flasche stand halbvoll auf dem Tisch, das bedeutete, sie hatte drei Flaschen Merlot und drei Averna getrunken. Unmöglich, dachte sie und ruckte auf dem Sofa nach vorn, um aufzustehen.

Sie kippte nach hinten, und ihr Kleid rutschte hoch. Sie sah ihre weißen Beine, und der Anblick erschreckte sie. Das Kleid war beige und aus Leinen und eigentlich schön. Sie trug es oft, wenn Frank sie besuchte. Schon seit Wochen hatte er nicht mehr angerufen, er war verheiratet und hatte nur dann für sie Zeit, wenn seine Frau, eine Anwältin, verreist war. Dann tauchte er auf und fiel über sie her und hinterher standen sie nackt auf dem Balkon im sechsten Stock, und wenn es dunkel genug war, kniete sie sich vor ihn hin, und er stemmte die Hände in die Hüften wie ein Unbeteiligter. Danach zog er sich an und verschwand.

Alles war einfach gewesen am Morgen, kein Kater, kein klebriger Geschmack im Mund. Sie freute sich auf Julius und ihr gemeinsames Mittagessen und das alles.

Von all dem war nichts mehr übrig. Wenigstens noch eine halbvolle Flasche, dachte sie. Einundzwanzigster Juni. Während sie das Glas bis zum Rand füllte, dachte sie, was sie noch nie gedacht hatte: Wie kann ein Zwölfjähriger nur so mutig sein?

Sie hob das Glas und trank gierig, und der Wein rann ihr aus den Mundwinkeln und tropfte auf ihr sauberes Kleid, und es war ihr egal, es war ihr sogar recht.

13

Donnerstag, 5.38 Uhr

Jonas Vogel hatte sich in den Sessel gesetzt und stützte sich auf den Stock. Der Lauf der Pistole berührte seinen Kopf. Julius stand neben ihm, mit dem Telefon in der rechten Hand.

»Wo denn?« sagte er mit heiserer Stimme. »Aha. Gut. Wenn das nicht stimmt, knall ich ihn ab.« Er beendete das Gespräch und wußte nicht, wohin mit dem Telefon.

»Soll ich's halten?« sagte Vogel.

Julius überlegte. »Du bist ganz schön hell in deinem blinden Kopf.« Er hielt Vogel das Telefon hin. »Die behaupten, die Kiste steht draußen, mit dem Geld. Vor ein paar Stunden war das noch unmöglich. Warum? Und warum jetzt auf einmal? Los, nachschauen. Steh auf.«

Vogel stemmte sich in die Höhe. »Vorher muß ich wohin«, sagte er. »Das geht nicht anders. Warte vor der Tür und erzähl mir, wie Hennings Eltern den Tod ihres Sohnes bewältigt haben.« Er ging entschlossen zur Tür, er spürte, wie Julius auf ihn zielte, mit knisternder Jacke, die er wieder angezogen hatte.

»Komm mit«, sagte Vogel.

»Bleib stehen, Alter.«

»Keine Zeit.« Im Flur klopfte Vogel mit dem Stock gegen die Wand.

Die Art, wie er sich in der fremden Wohnung orientierte, verblüffte Julius so, daß er staunend hinter ihm herkam und ihm beinah zugerufen hätte, wo sich die Badezimmertür befand. Aber Vogel steuerte auch ohne Unterstützung direkt darauf zu.

»Warst du schon mal hier?« Julius stand in der Tür zum Wohnzimmer und ließ den Arm mit der Waffe sinken und bemerkte es nicht.

»Nein«, sagte Vogel und drückte die Klinke. »Nimm das Telefon, bitte.«

Als habe er es völlig vergessen, stürzte Julius hin und riß es dem Kommissar aus der Hand. »Nicht absperren!« Die Selbstsicherheit des Kommissars irritierte ihn. Er trat einen Schritt zurück und hob wieder die Waffe und zuckte zusammen, als Vogel die Tür zuschlug.

»Beeil dich bloß.«

»Bist du ins Haus gegangen?« fragte Vogel mit lauter Stimme durch die geschlossene Tür. Maßlos erleichtert saß er auf der Toilettenschüssel und sog den angenehmen Duft eines Parfüms ein. Er vermutete ein Blumenmuster an den Wänden und war sich sicher, daß das Bad bis in den letzten Winkel ordentlich aufgeräumt war. »Hast du mit seinen Eltern gesprochen, nachdem der Polizist Fink abgefahren war?«

»Du merkst dir auch jeden Namen«, sagte Julius. Unwillkürlich ging er auf die Tür zu, mit herunterhängenden Armen, das Telefon in der einen, die Pistole in der anderen Hand. »Logisch. Ich hab geklingelt, und sein Vater, der Bankdirektor, macht auf. Aber er ließ mich nicht in die Wohnung, ich war im Treppenhaus, auf der untersten Stufe. Aus der Wohnung hab ich die Mutter heulen hören. Nerviges Schluchzen. Ich hab den Vater direkt gefragt, warum er seinen Sohn gezwungen hat, sich aufzuhängen. Das war meine Frage. Wieso er ihn gezwungen hat. Wieso er zugelassen hat, daß Henning sich in die Linde hängt. Hat ihm nicht gefallen, die Frage. Gar nicht. Ich hab zu ihm gesagt, er soll mir eine Antwort geben. Ich stand auf der Stufe, er oben an der Wohnungstür. Glotzt mich an. Was ist? sag ich zu ihm, und er dreht den Kopf rum zur Wohnung und macht einen Schritt von der Tür weg. Anzug und Krawatte. Dunkelblaue Krawatte, weißes Hemd. Verstehst du? Hörst du mir zu da drin? Beeil dich.«

»Natürlich höre ich dir zu«, sagte Vogel. Er hatte es nicht eilig. Er mußte zuhören und gleichzeitig die Strategie seiner Kollegen vor dem Haus durchdenken.

»Steht er da im Treppenhaus«, sagte Julius. »Mit seiner dunkelblauen Krawatte. Und er sagt zu mir: Hau ab, du kleines Arschloch. Hau ab, du kleines Arschloch. Hat mich nicht getroffen, höchstens überrascht. Daß der so einen Wortschatz auf Lager hat. Hau ab, du kleines Arschloch. So war der. Verstehst du, Vogel? Ich war immer ein Arschloch für den, und meine Mutter war für den eine nichtsnutzige Person, die mit fremden Männern Verhältnisse hat. Der hat uns verachtet. Und seine Frau hat uns auch verachtet. Uns und die Lehner Anni und die anderen. Wieso die im Dorf geblieben sind, hab ich damals schon nicht verstanden. Wahrscheinlich wegen des Jobs. Bankdirektor. Woanders hätten sie ihn vielleicht nicht genommen. Woanders hätt er mit seiner Krawatte und seinem Wortschatz vielleicht keinen Eindruck geschunden. Hau ab, du kleines Arschloch. Und dann stand Hennings Mutter plötzlich in der Tür. Berg Taschentücher in der Hand. Rotes Gesicht, komplett verschmiert. Die war fertig. Sie schaut mich an, alles naß, und sie schluchzt und hat einen Schluckauf. Sie kriegt praktisch keine Luft mehr. Ich steh da, unten an der Eingangstür und wollt grad gehen und halt die Tür auf. Ich hab nichts gefühlt, verstehst du? Beeil dich! Nichts. Ich stand bloß da. Das hab ich nie vergessen. Grade hab ich erfahren, daß mein bester Freund sich umgebracht hat, und ich brech nicht zusammen vor lauter Verzweiflung. Und die Mutter sagt zu mir: Er war so ein lieber und kluger Junge. Den Satz fand ich interessant. Er war so ein lieber und kluger Junge. Ich sag gar nichts. Und sie sagt noch: Warum hat er das getan, Juli? Du mußt das doch wissen, Juli. Die nannte mich Juli. Und ich sag zu ihr, als hätt ich mit der Frage gerechnet und mich darauf vorbereitet: Ich bin kein Monat. Und dreh mich um und hau ab. Juli. Ich hab nur einem Menschen erlaubt, mich so zu nennen. Sagt die: Du mußt das doch wissen, Juli. Er war so ein lieber und kluger Junge. Wenn sich einer in den Baum hängt, ist es egal, wie lieb und klug er vorher gewesen ist. Stimmt's, Vogel?«

Julius hämmerte an die Tür. Die Toilettenspülung rauschte, dann hörte Julius das Wasser im Waschbecken. »Und jetzt hau ich wieder ab und diesmal für immer. Mir reicht's. So ein lieber und kluger Junge. Grüß Gott? Die kannten den gar nicht. Der war denen total fremd. Die dachten, der Henning ist ihr Sohn, aber er war nicht ihr Sohn. War er nicht. Der gehörte zu niemand. Der war niemands Sohn. Vielleicht ist er der Sohn von einem Flamingo gewesen, in einem früheren Leben, falls es ein früheres Leben gibt. Für mich gibt's nur noch ein nächstes Leben.«

Die Tür ging auf. Vogel hatte sich das Gesicht gewaschen, auf seinen Wangen glitzerten Tropfen.

»Wieder fit?« fragte Julius. Ungelenk streckte er Vogel das Telefon hin. »Wir gehen jetzt zum Fenster im Schlafzimmer. Ich stell mich hinter dich, und wenn was schiefläuft, knall ich dich ab.« Er packte Vogels Arm, und sie machten sich auf den Weg, der Kommissar voraus, Julius schräg hinter ihm.

»Wo wirst du hinfahren?« fragte Vogel.

»Geht dich das was an?«

»Ja.«

»Halt die Klappe.« Julius dirigierte ihn neben das Fenster und stellte sich hinter ihn. Vorsichtig zog er den Vorhang ein Stück zur Seite. Auf der Straße stand ein grauer BMW Z3, daneben Hauptkommissar Ludger Endres.

»Da steht ein Typ neben der Kiste«, sagte Julius. »Der hat ein Halstuch, wer ist das?«

»Mein Nachfolger im Kommissariat, er leitet den Einsatz.«

»Der berühmte Herr Endres. Siehst du, ich kann mir auch Namen merken. Und wo ist das Geld?«

»Im Auto vermutlich.«

»Ruf ihn an.«

Vogel drückte die Wiederholungstaste, die er ohne zu suchen fand. Julius beobachtete, wie Endres sein Handy aus der Tasche zog.

»Ich bin's«, sagte Vogel.

»Wie geht's dir?«

»Gut. Ist das Geld im Wagen?«

»Ja.«

»Das Geld ist im Auto«, sagte Vogel zu Julius.

»Er soll's mir zeigen.«

»Julius will das Geld sehen«, sagte Vogel ins Telefon. Er hoffte, Endres würde den neuen Namen bemerken. Vielleicht fanden sie im INPOL-System einen Hinweis auf ihn.

»Alles wie ausgestorben«, sagte Julius.

»Wie meinst du das?«

»Außer Endres ist niemand zu sehen.«

»Das ist normal«, sagte Vogel. Er wußte, was die Stille bedeutete: Das Einsatzkommando nahm seine Position ein. »Niemand kennt dich, meine Kollegen können dich nicht einschätzen, sie befürchten, du schießt durchs Fenster.«

»Plingplong.«

»Was soll das heißen?«

»Daß du mir keinen Scheiß erzählen sollst.«

»Das ist alles schon passiert.«

»Daß einer durchs Fenster geschossen hat?«

»Ja.«

»Und dann?«

»Dann hat er sich erschossen.«

»Praktisch. Da ist mein Geld.«

Aus einem schwarzen Rucksack holte Endres mehrere Bündel Geldscheine hervor und hielt sie hoch. Julius riß Vogel das Telefon aus der Hand. »Sind das hunderttausend?«

»Hunderttausend Euro«, sagte Endres ins Handy. »Der Wagen ist vollgetankt. Was wollen Sie jetzt tun?«

»Was ich tun will?« Aus irgendeinem Grund klopfte Julius mit der Pistole gegen die Fensterscheibe. »Was ich tu, ist: Ich will die Silvi noch mal sehen. Und dann möcht ich, daß sie tanzt. Und dann nehm ich sie mit, und wenn ich weit genug weg bin, laß ich sie vielleicht frei. Wo ist die Silvi?«

Weder Endres noch Vogel hatten eine Erwiderung parat. Mit dieser Forderung hatte niemand gerechnet.

»Ich will die Silvi hier in der Wohnung haben«, sagte Julius. »Dann kriegt ihr euren Blinden wieder. Der ist in Ordnung, aber jetzt brauch ich die Frau noch mal. Wo ist sie?«

»Kann ich das Telefon haben?« sagte Vogel.

»Nein.«

»Bitte.«

»Nein.«

»Bitte, Julius.«

»Wieso?« Er hielt Vogel das Telefon vor den Mund.

»Ludger? Ich rede mit ihm, dann rufe ich wieder an. Julius und ich sind beide ganz ruhig.«

Julius drückte den Knopf. »Da gibt's nichts zu reden. Du bist raus. Freu dich. Du hast es überstanden. Ich will die Frau und fertig.«

»Silvia wird nicht wiederkommen«, sagte Vogel.

»Dann knall ich dich ab.«

»Dann knall mich ab.«

»Bist du blöde?« Julius tippte mit dem Pistolenlauf gegen Vogels Brust. »Gibst du jetzt den Helden? Denkst du, ich trau mich nicht? Da sind fünfzehn Patronen drin, die reichen nicht nur für dich. Also, bring mir Silvi.«

»Warum soll sie für dich tanzen?«

»Warum? Warum-Fragen sind verboten, wieso merkst du dir das nicht?«

»Erzähl's mir.« Jetzt war es Jonas Vogel, der durchs Zimmer ging, hin und her, mit dem Stock tastend, von einer Ecke zur anderen.

»Bleib stehen.«

»Kann ich nicht, ich verroste sonst. Erzähl's mir, und ich schaue, was ich tun kann. Meine Kollegen werden die Frau auf keinen Fall zu dir zurückbringen, aber ich werde mit ihnen reden. Dazu muß ich wissen, warum es so wichtig ist, daß Silvia für dich tanzt.« Er hörte nicht auf, herumzulaufen.

Mit einer hastigen Bewegung zog Julius noch einmal den Vorhang zur Seite, warf einen schnellen Blick zur Straße, wo nun auch Endres nicht mehr zu sehen war, und rannte in den Flur und horchte.

Vogel blieb stehen.

»Wenn die reinkommen, erschieß ich dich«, sagte Julius.

»Erzähl mir vom Tanzen«, sagte Vogel.

Julius starrte ihn an. Dann hob er beide Arme, die fünfzehnschüssige Pistole in der linken, das schnurlose Telefon in der rechten Hand, und empfand mit einem Mal eine große ungerechte Leere in sich. Wenn er den Mann anschaute, der so unbeugsam im Zimmer stand, wünschte er, er hätte ihn früher gekannt, schon immer. Er haßte sich für diesen Wunsch und dafür, daß er sich vorkam wie ein dreckiger Müllsack.

So verharrte Julius eine Zeitlang, mit halb erhobenen Armen.

Wenn Vogel ihn überwältigt hätte, hätte er sich ergeben.

»Du Depp!« schrie er statt dessen und senkte den linken Arm und drückte ab.

14

Sonntag, 20. Juni, vor zwanzig Jahren

Wir sind beobachtet worden, sagte er zu Anni, die nicht da war. Jemand hat im Auto gesessen, in dem blauen. Ich hab mir gleich gedacht, daß wir nicht allein sind. Das ist egal. Wir sind ja eh immer beobachtet worden, überall, und das haben die Beobachter dann meinen Eltern weitererzählt, und die haben zu mir gesagt, daß das verboten ist. Das ist aber nicht verboten. Immer, wenn du für mich getanzt hast, hab ich gedacht, daß alle Menschen Pech haben, bloß ich nicht. Weil du so tanzen kannst, als wär' da überall Musik. Und da ist auch Musik, die ist automatisch da, wenn du kommst und tanzt.

In Tutzing rannte er über den Bahnsteig und schleppte sein Fahrrad die Treppe hinunter und auf der anderen Seite wieder hinauf und erwischte gerade noch die S-Bahn.

Ich geh jetzt weg, sagte er zu Anni, die nicht da war. Ich mag nicht mehr dableiben, wenn du nicht mehr da bist. Und ich mag auch nicht mehr still sein und brav. Alle denken, ich bin brav, und das bin ich auch, und ich weiß gar nicht, warum. Warum? Ich frag immer Warum und krieg doch keine Antwort. Ist egal. Du darfst nicht böse sein, du bist nicht schuld. Du wolltest bloß nicht mehr für einen tanzen, der immer still ist und nie was sagt und sich nie wehrt. Für so einen braucht man nicht tanzen, das stimmt. Ich hab Juli von deinem Tanzen erzählt, und er hat mich komisch angeschaut. Wahrscheinlich denkt er, ich erfinde das, damit ich was zu erzählen hab. Mit Juli ist es fast so schön wie mit dir, aber dich hab ich lieb. Sowas würde ich nie zum Juli sagen oder zu sonst jemand, nicht mal zu meinen Eltern. Meine Mutter sagt oft zu mir, daß sie mich lieb hat, aber das glaub ich nicht. Sie sagt das nur, weil andere Mütter das auch zu ihren Kindern sagen. Sie will bloß nicht auffallen. Mein Vater hat noch nie zu mir gesagt, daß er mich lieb hat, der ist wenigstens ehrlich. Ich geh jetzt eh weg. Und ich hab gar keine Angst. Früher hab ich schon Angst gehabt, ich hab immer gedacht, da stimmt was nicht mit mir. Weil alles so still ist in mir drin, weil ich gar keine Aufregung hab, oder Herzklopfen. Als du dann meine Hand berührt hast, da war ich aufgeregt und mein Herz hat bis in meinen Bauch hinein geklopft. Mit dir bin ich ganz anders geworden, obwohl es dich eigentlich gar nicht geben darf. Du bist ja bloß die Lehner Anni, und ich bin der Henning Steiner, ich bin besser als du. Egal. Alles egal. Bald bin ich ganz weg, und dann ist niemand mehr besser als du.

Am Münchner Marienplatz verließ er die S-Bahn und stieg vor dem Rathaus in den blauen Linienbus, der zum Tierpark fuhr. Das Fahrrad durfte er mitnehmen, weil er erst zwölf war.

Ich hab dir schon wieder ein Gedicht geschrieben, sagte er zu Anni, die nicht da war. Das hab ich heut nachmittag dem Juli vorgelesen, gleich zweimal, weil er beim ersten Mal nicht genau zugehört hat. Aber ich glaub, beim zweiten Mal hat er auch nicht genau zugehört. Egal. Das Gedicht heißt »Der Weg, den du alleine gehst«, und es handelt von dir und von uns und vom Weggehen. Ich hab das Gedicht dem Juli heimlich in die Jackentasche gesteckt, damit er es daheim findet und ein drittes Mal lesen kann, wenn er mag. Mit Gedichten kann er nicht so viel anfangen, aber ich les sie ihm trotzdem immer vor. Jetzt bin ich gleich da. Ich wollt dir noch sagen, daß ich alles, was in meinem Leben so war, nicht verstanden hab und daß ich auch gar nicht versteh, wieso ich überhaupt da war. Aber wegen dir war das alles irgendwie richtig, wegen dir bin ich jetzt nicht mehr traurig und wegen dir denk ich, daß ich nicht so brav und still gewesen wär, wenn ich dich schon mit eins oder zwei getroffen hätt. Das hab ich aber nicht, und ich weiß nicht, warum. Daß du für mich getanzt hast, das war schon das ganze Leben für mich, auch wenn meine Mutter meint, ich würd noch gar nicht wissen, was das Leben ist. Ich wink dir, Anni, ich hab dir schon oft gewunken in der Nacht, in meinem Bett, hast du das gemerkt? Jetzt steig ich aus dem Bus aus und klettere über den Zaun vom Tierpark. Als wir mal hier waren, hat Juli gemeint, daß ich früher ein Flamingo war, weil ich immer so rumsteh wie auf Stelzen und so eine rote Haut hab. Manchmal sagt er so Sachen, der liebe Juli. Jetzt muß ich aussteigen. Mach's gut, Anni, du wirst bestimmt mal eine tolle Ballerina.

15

Donnerstag, 0.40 Uhr

Zwanzigster Todestag, dachte Nike Fest auf dem Balkon und schaute hinunter auf den asphaltierten Platz, und Julius hat sich nicht gemeldet. Sie schwankte ein wenig, und wenn sie die Augen schloß, wurde ihr schwindlig. In den vergangenen Wochen hatte sie oft hier gestanden, nachts, mit der Rotweinflasche in der Hand, in einem Universum undurchdringlicher Gedanken. Und jedesmal dachte sie dann irgendwann, vielleicht waren das gar keine Gedanken, die ihren Kopf anfüllten und die Ausgänge verstopften wie mit glühendem Teer, vielleicht war es Ungeziefer, das sich in ihr angesammelt und vermehrt hatte. Ungeziefer und sonst nichts, nichts Bedeutungsvolles. Nichts Schlimmes, Überbleibsel von Träumen, das wäre doch möglich. Sie nahm sich zu wichtig, dachte sie, und sie trank zuviel. Zum Glück hatte ihr Arbeitgeber nie etwas bemerkt, und bei der Arbeit im Haushalt trank sie auch nicht, sie erledigte alles zur Zufriedenheit der Familie Kronschmid, für deren Haus sie zuständig und bei der sie seit neunzehn Jahren angestellt war. Keine Klagen. Weihnachtsgeld. Zum Geburtstag eine Aufmerksamkeit.

Sie hob die Flasche an die Lippen, kippte sie schneller als sie den Mund öffnete, und wieder floß Wein über ihr Leinenkleid. Angewidert stellte sie die Flasche in den Blumenkasten, zwischen zwei Grünpflanzen.

Dreckig, dachte sie, außen und innen, auf und unter der Haut. Die Vorstellung gefiel ihr, und sie lächelte. Sie lächelte oft, ohne es zu bemerken. Sie hätte es nicht einmal bemerkt, wenn sie im selben Moment in den Spiegel gesehen hätte. Es war ein Lächeln hinter vorgehaltenem Gesicht.

Früher, in der abseitigen Zeit, hatte sie die Vorhänge zugezogen, ihre Kleider abgelegt und im Bett die Decke über den Kopf gezogen. Da unten existierte sie, wie sie wirklich war, mit an den Körper gepreßten Beinen, die Hände vor der Brust, so flog sie durchs All und alles war leicht und schwerelos. Und immer kam dann jemand, oft Julius, der ahnungslose Junge, und zerrte sie ins schmutzige Licht zurück, und sie verfluchte ihren eigenen Sohn und sich selbst, weil sie zu schwach war, um sich zu wehren.

So groß, dachte sie auf dem Balkon, und geht mit zwölf den Weg ganz allein bis zum Ende und läßt sich nicht beirren.

Donnerstag, 3.45 Uhr

Nach der zweiten Flasche Bier kicherte sie und zeigte mit dem Flaschenhals auf die Ecke hinter dem Schlagzeug. »Das war cool, daß du den geklaut hast«, sagte Silvia Klages. »Und daß die in dem Laden nichts gemerkt haben.«

Katrin stellte die Gitarre in den Ständer. »So ein Möbelhaus ist keine Kirche. Willst du noch ein Bier?«

»Nein, danke. Du singst wunderschön. Schreibst du alle deine Songs selber?«

»Nein.« Katrin setzte sich zu Silvia an den Tisch. Sie wünschte, ihr Bruder würde endlich anrufen. Zum einen wollte sie nicht länger eine Handlangerin der Polizei sein, zum anderen wartete sie auf Nachricht von ihrem Vater und ihrer Mutter. Beim Singen hatte sie die Gedanken an ihre Eltern verdrängt, dafür kehrten sie nun um so beängstigender zurück. »Wir spielen auch englische Stücke, das hängt vom Gig ab.«

Silvia nickte abwesend, legte die Hände wieder an die Tischkante, nahm sie sofort wieder weg, als wolle sie mit aller Macht verhindern, sich festzukrallen. Schwer atmend legte sie die Hände in den Schoß. Ihr Blick hing mit einem Ausdruck von Düsternis an der schwarzen Westerngitarre, auf der Katrin gespielt hatte.

»Willst du mal Kinder?« sagte Silvia.

Die Frage überraschte Katrin. Sie antwortete nicht, weil sie Silvias Verhalten nicht verstand und keine Ahnung hatte, was sie mit dieser Frage bezweckte.

»Ich nicht«, sagte Silvia vor sich hin. »Jetzt nicht mehr.«

»Warum nicht mehr?« sagte Katrin, um etwas zu sagen.

»Ich war mal schwanger, zwei Monate. Dann war der Einbruch, dann war ich nicht mehr schwanger.«

»Das tut mir sehr leid, Silvia.« Katrin war wütend, weil Max ihr nichts davon gesagt hatte.

Die Westerngitarre schien Silvia zu faszinieren. »Ich hab mal Geige gelernt, hab ich das schon erzählt? Kein Talent. Ich glaub, ich möcht jetzt gehen.«

»Wo willst du hingehen?«

»Zum Haus zurück. Ich will dabeisein, wenn der Mann rauskommt. Ich will ihm noch mal ins Gesicht sehen, bei Tageslicht. Ich muß das machen.«

»Das ist keine gute Idee.« Katrin hätte gern gewußt,

wie spät es war, sie trug keine Uhr, und im Übungsraum gab es keine.

»Tadellose Lebensführung.« Silvia wandte, wie unter Zwang, den Kopf. Sie sah Katrin in die Augen, mit einem müden, lichtlosen Blick.

Katrin wartete auf eine Erklärung.

So saßen sie eine Weile an dem kleinen Holztisch mit dem Papierstapel am Rand und sahen sich an. Katrin wäre am liebsten aufgestanden und hätte Silvia in den Arm genommen, weil sie glaubte, die junge Frau wartete nur darauf. Doch Katrin war nicht der Mensch für spontane Umarmungen. Umarmungen zählten nicht zu ihrem Näherepertoire.

»Hat der Richter so formuliert«, sagte Silvia und senkte den Blick. »Die Mörder hatten eine tadellose Lebensführung. Bis zu der Nacht. Dann nicht mehr. Weiß nicht. Vielleicht später wieder, im Gefängnis. Ob das möglich ist? Ich muß zu dem Haus. Außerdem hat dein Bruder gesagt, ich muß noch mal aussagen, muß alles noch mal berichten. Julius. So heißt der Mann, hab ich das schon gesagt? Julius, nicht Henning. Warum nannte er sich Henning? Glaubst du, Roland wird mich verlassen? Weil ich ihn nicht besucht hab?«

Verwirrt von den Gedankensprüngen ihres Gastes stand Katrin auf und stieß einen Seufzer aus. »Nein. Von mir aus können wir gehen.«

Doch Silvia blieb sitzen. Sie tat nichts. Ihre Hände lagen in ihrem Schoß und zitterten nicht. Sie starrte den Tisch an.

»Du brauchst dringend einen Arzt«, sagte Katrin. Es klang mürrisch.

»Frau Doktor Wallhof«, sagte Silvia. Nach einer Pause sagte sie: »Sie hat sich um mich gesorgt nach dem Überfall. Ich durfte sie auch nachts anrufen. Das hab ich aber nie in Anspruch genommen. Roland war ja da, meistens, er kam zu mir und blieb und lag einfach nur neben mir, monatelang. Manchmal mußte er meine Hand festhalten, weil ich so gefroren hab.« Sie hob den Kopf. »Meine Eltern waren noch nicht alt, mein Vater war zweiundfünfzig, meine Mama neunundvierzig. Sie konnten nichts tun. Im Schlaf von den Mördern überrascht. Wie ich. Und ich hab auch nichts getan.« Sie hielt inne und atmete schwer. »Danke, daß ich hier sein durfte. Und daß du mir was vorgesungen hast, das war ein Geschenk für mich. Wenn ich eine neue Wohnung hab, lade ich dich ein, das versprech ich dir, und dann koche ich uns was, ich bin ziemlich gut in Hähnchengerichten. Magst du Hähnchen? Vom Biobauern, da brauchst du keine Angst zu haben.«

»Ja«, sagte Katrin. »Und ich bring Bier mit.«

»Eigentlich mag ich lieber Wein zum Essen.«

»Dann bring ich zwei Flaschen biologischen Wein mit«, sagte Katrin.

»Eine Flasche reicht schon«, sagte Silvia.

Sie hielt Ausschau nach ihrer roten Handtasche.

Donnerstag, 5.56 Uhr

Der Kellner mit dem gezwirbelten Schnurrbart, der jetzt einen Trenchcoat und einen grauen Hut trug, hielt ihr, wie bei ihrem Kommen der bullige Mann, die Tür auf. »Bitte, gnädige Frau.«

»Ich bin keine gnädige Frau«, sagte Esther Vogel.

Auf dem Sendlinger-Tor-Platz hasteten Leute zur U-Bahntreppe. Beim Torbogen stand ein Müllwagen, und zwei dunkelhäutige Männer zogen Kunststofftonnen übers Kopfsteinpflaster. Vögel zwitscherten, Tauben gurrten.

Mit ausgestrecktem Arm drehte Esther sich im Kreis. Aus einer unwirklichen Welt trat sie in eine noch unwirklichere Welt, und etwas Besseres, dachte sie, könne ihr nicht passieren.

»Seien Sie vorsichtig«, sagte der Kellner.

»Bestimmt nicht«, sagte Esther und torkelte. Sie bemerkte es und torkelte erst recht.

Zwei Stadtstreicher, die, an die Steinmauer über dem U-Bahnschacht gelehnt, auf dem Boden saßen, beobachteten sie. Sie achtete nicht darauf.

»Ich begleite Sie ein Stück«, sagte der Kellner.

Esther stützte sich am Schaufenster des Kinos ab. Sie war betrunken und hungrig, und beides paßte ihr gut. Sie würde nicht nach Hause gehen, das hatte sie sich vorgenommen, sie würde zum Nymphenburger Park fahren und sich dort unter einen Baum legen wie eine Romantikerin.

»Sie, Herr Ober!« rief sie.

Der Mann kam näher.

»Ich bin eine Romantikerin.«

Der Mann stand vor ihr, und sie roch wieder sein Rasierwasser, das sie noch süßer und unerträglicher fand als im Lokal. Vermutlich hatte er sich neu besprüht anstatt sich zu waschen.

»Ich bin auch ein Romantiker«, sagte er.

Sofort war ihr klar, daß dies die verkehrteste Antwort war, die er hätte geben können.

»Ich heiß übrigens Arthur«, sagte er auch noch.

»Ilse«, sagte Esther.

»Grüß dich, Ilse.«

»Duzen wir uns schon?«

»Verzeihung, ich wollt nicht unhöflich sein«, sagte Arthur.

»Schon vergeben und verziehen.« Esther lehnte an der Scheibe und schaffte es nicht zu gehen. Die noch unwirklichere Welt kippte. Etwas verschob sich, wenn sie zu den Kastanien sah. Sie mußte auf der Hut sein.

»Darf ich Sie zum Taxi begleiten, Ilse?«

»Nein.« Sie steckte die Hände in die Manteltaschen und kniff die Augen zusammen. Sie überlegte, wieviel sie für den grausamen Wein bezahlt hatte, zu viel, ganz sicher, aber er wirkte, und das war gut.

»Sind Sie eigentlich Geheimagent?« fragte sie. Daß sie lallte, fiel ihr auf und es belustigte sie.

»Wegen dem Trenchcoat?« sagte Arthur. »Und wegen dem Hut?«

»Nein, wegen Ihrem Blick.« Ihre Schlagfertigkeit amüsierte sie. Der Kellner ging ihr auf die Nerven, außerdem verpestete er den frischen, duftenden Morgen. Schade, dachte sie, daß die Sonne nicht scheint.

»Ich bin kein Geheimagent. Worüber lächeln Sie?«

»Aus Versehen«, sagte Esther. »Würden Sie mich bitte allein lassen?«

»Ich mach mir Sorgen um Sie, Ilse.«

»Das ist nicht nötig.«

»Sind Sie sicher?«

Wenn er nicht sofort verschwand, würde sie sich auf seinen Trenchcoat übergeben, der taugte dann nicht mehr als Tarnung. Und der Mann würde garantiert nicht mehr nach Rasierwasser stinken.

»Also dann, Ilse, ich hoffe, wir sehen uns wieder.«

»Das hoffe ich auch«, sagte sie.

»Ba-ba«, sagte er mit österreichischem Akzent.

»Bäh-bäh«, sagte Esther, da war er schon auf dem Weg zur U-Bahn.

Ein großer Tag begann, das spürte sie im Gesicht. Das weiße, wolkige Licht drang in ihre Poren und erfüllte sie mit federndem Gleichmut. Niemand konnte ihr etwas anhaben, niemand würde sie zu etwas zwingen, niemand redete ihr Dinge ein, von denen sie nichts wissen wollte. Alles nicht von dieser Welt. Jonas als Geisel, mit so einem Irrsinn brauchte ihr niemand zu kommen. Ihr blinder Jonas läßt sich freiwillig gegen eine Geisel austauschen, und ihr Sohn schaut dabei zu. Wer erzählt ihr so etwas? Das hatte alles nichts mit ihrer Welt zu tun, die nur ihr gehörte und niemandem sonst.

Esther drehte sich um. Da hingen Fotos von blinden Kommissaren, die sich in die Gewalt von Kidnappern begeben und groß rauskommen. Blinde Helden braucht das Land.

Esther wandte sich ab und schwankte. Sie überlegte, ob der Nymphenburger Park schon geöffnet hatte. Wie spät war es?

Die Zeit ist nicht wichtig, dachte sie. Endlich war sie aus der Zeit gefallen und vollkommen unsichtbar für alle Armbanduhrenträger.

Mit wackligen Schritten tänzelte sie über den Sendlinger-Tor-Platz, in ihrem blauen, hellen Wollmantel, die Hände in den Taschen, vor und zurück, zu einer unhörbaren Melodie, die sie aber trotzdem hörte, denn die Töne kamen tief aus ihr, aus der Zeit, als ihre Träume noch beschwingt waren.

16

Donnerstag, 5.59 Uhr

Die Kugel schlug in den Spiegel am Ende des Flurs. Julius' Gesicht und sein Körper zersprangen. Scherben spritzten von der Wand und landeten klirrend auf dem Parkettboden. Danach war es vollkommen still. Vogel roch das erhitzte Eisen der Waffe. Er versuchte sich vorzustellen, wo Julius stand und wie er die Pistole hielt.

Von draußen war kein Laut zu hören.

Julius keuchte mit offenem Mund.

»Wo bist du?« fragte Vogel.

»Bumm«, machte Julius. »Das Ding ist geladen.«

Wieder Stille.

»Du solltest Endres anrufen und ihm sagen, daß alles in Ordnung und niemand verletzt ist«, sagte Vogel.

»Wir gehen raus, und ich fahr weg. Das kleine Arschloch haut endlich ab.«

»Du bist kein Arschloch, Julius.«

»Ich bin so blöd, daß ich schon stink.« Immer noch schaute er fasziniert zum zerborstenen Spiegel und den unzähligen Scherben überall. »Ich hab das verdammte Gedicht nicht kapiert. Lustig. Er hat's mir zweimal vorgelesen, und ich hab nichts verstanden. Nachdem er mir das Ding zum zweiten Mal vorgelesen hat, hat er das Blatt zusammengerollt und mir eine übergezogen. Ich hab natürlich gedacht aus Spaß. Hab ich ihm auch eine verpaßt und noch eine. Ich war stärker als er. Dann haben wir uns sauber geprügelt, und ich bin auf einen Stein gefallen und hab mir das Kinn aufgeschlagen. Riesenwunde. Da hab ich heut noch eine Narbe. Da, am Kinn. Hat brutal geblutet. Egal. Wir sind nochmal ins Wasser und dann heim. Verstehst du das? Er wollt' mir klar machen, daß das Gedicht wichtig ist, daß da eine Botschaft drin steckt. Konnt ich doch nicht wissen. War zu blöd. Ich hasse, dich, Vogel. Ich hasse dich so sehr.«

»Warum denn?«

»Warum denn? Warum denn? Fängst du wieder mit deinen Warum-Fragen an? Los, mach die Tür auf. Stell dich vor mich. Die Pistole funktioniert, also paß auf. Tür aufmachen. Ende der Vorstellung. Spinnst du, war das laut!«

»Du hast vorher noch nie geschossen«, sagte Vogel und horchte.

»Du sollst die Tür aufmachen!« schrie Julius.

In dem Moment, als Vogel den rechten Arm vorstreckte, um die Klinke der Haustür zu drücken, schnellte seine linke Hand nach hinten. Er packte die Pistole am Lauf und riß sie Julius aus den Fingern. Vor Schreck machte Julius keinen Mucks. Vogel zog die Haustür auf und warf die Pistole hinaus. Dann rammte er dem verdatterten Julius den Ellenbogen in den Bauch und stach auf gut Glück mit der Spitze seines Stocks zu. Beim ersten Versuch verfehlte er den Schuh. Er stieß ein zweites Mal zu und traf den Fuß in der Mitte. Julius schrie auf.

Bevor er zur Besinnung kam, stürzten vier vermummte Männer herein und überwältigten Julius, warfen ihn zu Boden, tasteten ihn ab, drehten ihn auf den Bauch und fesselten ihm die Hände auf dem Rücken. Sie hoben ihn hoch und zerrten ihn ins Freie, bevor er noch einen Laut von sich geben konnte.

Roderich stieß ein heiseres Bellen aus, sprang auf und taperte mit ungelenker Freude seinem Herrchen entgegen. Der Hund hatte sich die ganze Nacht nicht von seinem Platz an der Hausmauer wegbewegt. Vogel streichelte Roderichs Kopf. Der Hund brummte und knurrte und strich um Vogels Beine, daß der Kommissar aufpassen mußte, um nicht zu stolpern.

Max brachte kein Wort heraus.

»Servus, Maxl«, sagte sein Vater.

Am Gartenzaun drängten sich Katrin und Silvia an den uniformierten Polizisten vorbei.

Vogel klopfte mit dem Stock auf die Steinplatten. Für kurze Zeit hatte er Probleme mit der Orientierung. »Wo bist du, Julius?« fragte er, wie vorhin im Haus.

»Er ist hier«, sagte einer der Vermummten hinter ihm.

Der Kommissar wandte sich um. »Wenn Silvia hier ist, entschuldige dich bei ihr«, sagte er.

»Sie steht an der Gartentür«, sagte Max wie aus Verlegenheit.

»Entschuldige dich«, sagte Vogel zu Julius. »Das ist das einzige, was du noch tun kannst.«

Silvia stellte sich neben Max. Sie drückte ihre Handtasche an sich und zitterte. Die Vermummten führten Julius ab. Er schaute Silvia an und wollte etwas sagen. Er öffnete den Mund, schob den Oberkörper vor und zurück und gab eigenartige, grollende Laute von sich, als habe er das Sprechen verlernt.

»Entschuldige dich«, sagte Vogel.

Trotz der Absperrungen und der Polizisten tauchten auf der Forsterstraße Reporter auf. Peter Baumherr, der Pressesprecher der Kripo, hob die Arme, um ihnen die Sicht zu nehmen.

Julius' Gesicht war schweißnaß, er blutete am Kinn.

»Gehen wir«, sagte der Vermummte neben ihm.

Max reagierte viel zu spät.

Silvia griff in ihre Handtasche, holte ein silbernes Schnappmesser heraus, trat einen Schritt nach vorn und stach mit erhobener Faust zu. Sie stach Julius direkt ins Herz, als habe sie lange geübt. Sie zog das Messer aus seinem Körper und warf es wie einen lästigen Gegenstand weg.

»Ich scheiß auf eine tadellose Lebensführung«, sagte sie in das erlöschende Gesicht, das sie siebeneinhalb Stunden zuvor zu Tode erschreckt hatte.

Julius sackte zusammen, und die beiden Vermummten, die ihn am Arm gehalten halten, ließen ihn zu Boden gleiten.

»Sie hat ihn erstochen«, sagte Max zu seinem Vater.

Niemand bewegte sich von der Stelle, eine ganze Weile nicht.

Wind kam auf und zerzauste das Haar des Toten.

Roderich drückte seinen schweren Körper gegen Vogels Beine.

Katrin rannen Tränen über die Wangen.

Silvias Körper wurde von einem lautlosen Beben erschüttert. Sie sah den leblosen Mann zu ihren Füßen nicht an, sondern Jonas Vogel, der den Kopf gesenkt hatte, wie bei einer Andacht.

Sogar die Reporter verharrten. Ein Foto von der Tat existierte nicht. Im weißen Morgenlicht sahen alle Gesichter alt und steinern aus.

Am Ende des Schweigens sagte Max: »Du bist ja verletzt, Papa.«

Und Jonas Vogel sagte: »Ist meine Frau in der Nähe?«

17

Donnerstag, 11.30 Uhr

Im Schatten klobiger, abweisender, kahler Betonbalkone gingen Jonas Vogel und Roderich auf den Eingang der achtstöckigen Wohnanlage nahe der Münchner Freiheit zu. Auf dem asphaltierten Hof standen zwei Streifenwagen und ein Dienstwagen der Mordkommission, in dem Max Vogel und Yvonne Papst ungeduldig und mißmutig durch die Windschutzscheibe schauten. Sie waren dagegen gewesen, daß Vogel allein die Mutter des getöteten Einbrechers aufsuchte und eine erste Befragung durchführte. Doch Ludger Endres war einverstanden gewesen, und so hatte Max zumindest seinen Zeitplan durchgesetzt. Sein Vater sollte sich höchstens eine Stunde in dem Apartment im sechsten Stock aufhalten, danach würden er und Yvonne die Frau zur Vernehmung ins Präsidium bringen. Vogel hatte zugestimmt.

Dabei konnte er sich kaum noch auf den Beinen halten. Er war erschöpft und voller Sorge über seine Frau, die noch immer nicht nach Hause zurückgekehrt war und von der bisher jede Spur fehlte, obwohl er über Funk sämtliche Streifenbeamte der Stadt gebeten hatte, die Augen offen zu halten.

Vor der Tür zog er ein Handy aus der Jackentasche. Max hatte es ihm für den Notfall geliehen und er hatte es widerwillig genommen, um seinen Sohn nicht noch mehr gegen sich aufzubringen. Immerhin konnte er so die eingespeicherte Nummer von Nike Fest wählen, andernfalls hätte Max bei ihr anrufen und sie bitten müssen, die Haustür zu öffnen.

Am anderen Ende meldete sich eine verschlafene Stimme.

»Ja? Was ist?«

»Jonas Vogel, wir sind verabredet.«

»O Gott, o Gott.«

Der Summer ertönte und Vogel stieß die Tür auf. Im Treppenhaus roch es nach gebratenem Fisch. Vogel klopfte mit dem Stock auf den Boden. Die Lifttür stand offen, was ihn zuerst glauben ließ, er betrete einen anderen Flur. Seine Wahrnehmung war gestört, er wußte es, aber er hatte, bildete er sich ein, keine andere Wahl. Er war Endres dankbar, daß dieser ihm die Erlaubnis erteilt hatte. Kein anderer Kommissariatsleiter hätte solchen Mut bewiesen.

Trotzdem war das, was Vogel tat und die ganze Nacht über getan hatte, ein Schritt über alle Grenzen hinaus.

Als er im sechsten Stock den Aufzug verließ, hörte er Julius' Stimme wieder, sein Keuchen, sein Schreien, sein Ringen um den einen Satz, der alles erklärte, sein Leben und Tun, seine Entscheidungen und Verfehlungen, seine Ahnungslosigkeit und Ohnmacht im Angesicht des Selbstmordes seines besten Freundes. Er hatte sich nackt geredet, und dann war er von einer Frau erstochen worden, der er, ohne es zu wollen, durch seine brutale Tat an Hennings zwanzigstem Todestag das letzte Gran Zuversicht geraubt und die er so zu einer ähnlich unüberlegten, unauslöschlichen Tat getrieben hatte.

Darüber und über einige Dinge, die außer ihm bisher niemand wußte, wollte Vogel mit Nike Fest sprechen.

Doch als sie vor ihm stand und er ihren Atem und ihren Körper roch und ihre Stimme hörte, begriff er, daß sie ihm nicht zuhören und ihn nicht verstehen würde.

»Sie haben ja einen Hund«, sagte sie mit verkümmerter Stimme an der Tür. »Verliert der Haare? Das wär' mir nämlich unangenehm. Sie haben mir nicht gesagt, daß Sie gleich einen Hund mitbringen.«

»Ich habe Ihnen auch nicht gesagt, daß ich blind bin«, sagte Vogel.

»O Gott«, sagte sie und wackelte mit dem Kopf. »O Gott, o Gott.«

»Darf ich reinkommen?«

Nike Fest machte ihm Platz. Es roch nach Alkohol und verbrauchter Luft und verschwitzter Kleidung, und Roderich drückte sich an Vogels Beine und schlotterte ein wenig.

»Ist Ihr Hund krank?«

»Wieso?«

»Er zittert so komisch.«

»Er ist nicht krank«, sagte Vogel und ertastete den Tresen und lehnte sich dagegen. »Stört es Sie, wenn ich hier stehe?«

Auch Nike Fest streckte die Hand aus, als sähe sie nichts und suche nach etwas zum Festhalten. »Ich hab auch ein Sofa.« Das Gehen fiel ihr schwer. Sie trug immer noch das schmutzige, zerknitterte Leinenkleid. Sie lehnte sich gegen die Balkontür und preßte die Hände auf das kalte Glas.

»Mein Sohn ist tot.« Ihr Gesicht war aschgrau, von Schlaffalten durchzogen, mit Schatten unter den Augen.

»Ihr Sohn Julius ist einem Verbrechen zum Opfer gefallen«, sagte Vogel. Er versuchte, die Entfernung zu der Frau abzuschätzen und nichts zu überhören, kein Echo aus einer anderen Zeit, kein erzwungenes Schweigen, keinen versteckten Satz unter einem gesagten Satz.

»Muß ich die Leiche identifizieren?«

Selten in seinen langen Jahren als Mordermittler hatte Vogel diese Frage aus dem Mund eines Verwandten gehört, und er wühlte in den tausend Worten, die Julius ihm in der Nacht hinterlassen hatte.

»Das wäre möglich«, sagte er und fügte hinzu, obwohl er die Familiengeschichte nicht vergessen hatte: »Auch sein Vater könnte ihn identifizieren.«

Nike wartete eine Weile. »Sein Vater ist schon lang weg. Was für ein Verbrechen?«

»Julius wurde erstochen«, sagte Vogel. Behutsam neigte er den Kopf vor. »Von einer Frau, die er heute nacht in ihrer Wohnung überfallen und als Geisel genommen hat. Ich habe dann die Nacht in der Gewalt Ihres Sohnes verbracht, die Frau ließ er gehen.«

Wieder dauerte ihr Schweigen an. »Das ist nicht mein Sohn«, sagte Nike. »Sie haben mich so erschreckt. Julius wollt' gestern zu mir zum Essen kommen, und er kommt oft zu mir, aber gestern war ein besonderer Tag.«

»Der zwanzigste Todestag von Henning Steiner.«

»Davon wissen Sie?« Ihre Stimme klang, als würde Nike jeden Moment anfangen zu weinen. »Das kann doch gar nicht sein.«

»Julius hat mir alles erzählt.«

»Ihnen? Warum? Und wo?« Übermüdet, kraftlos glitt sie nach unten, blieb einige Sekunden in der Hocke und sackte dann auf den Boden. Hastig zupfte sie ihr Kleid zurecht und lehnte den Kopf an die Scheibe.

»In der Wohnung der Frau, die er überfallen hat.«

»Julius überfällt doch keine Frau.« Sie sprach zu sich selber oder zu niemandem.

»Er hat es getan«, sagte Vogel. »Er wollte, daß sie für ihn tanzt.«

Nike war unfähig, etwas zu sagen.

»So wie die Lehner Anni für Henning getanzt hat. Julius sah die Frau in einem Gasthaus tanzen, und er kam nicht mehr von dem Anblick los. Deswegen hat er sie überfallen. Er hat ihren Freund schwer verletzt, er hat auch mich angegriffen. Aber er hat mir alles erzählt, von der Zeit in Kleinweil und wie Sie im Alten Wirt gearbeitet haben.«

»Alles, alles lang vorbei«, sagte sie und hielt, wie ihr Sohn in der Forsterstraße, für einen Moment beide Hände vors Gesicht.

»Für Julius war das alles nicht vorbei«, sagte Vogel, »auch nicht nach zwanzig Jahren.«

»Nein«, sagte sie.

Vogel konnte sie nur schlecht verstehen, weil sie eine Hand vor den Mund hielt.

»Für ihn war alles immer da, jedes Jahr, jeden Tag«, sagte Nike. »Deswegen war er so allein. Allein und in sich. Eingekapselt. Erfolglos im Leben. Am Tag, als er von Hennings Tod erfuhr, hat er zu mir gesagt, er würd' sich auch irgendwann aufhängen. Von da an hab ich nur noch Angst gehabt. Er dachte, es ist, weil ich niemanden hab, weil sein Vater weggegangen ist und uns allein gelassen hat, und ich mußte arbeiten bis zum Umfallen. Julius dachte, ich bin traurig wegen mir. Aber ich war immer nur traurig wegen ihm. Nur wegen ihm. Mein Leben lang. Das hab ich ihm nie gesagt. Und dann wußte ich ja selber nicht mehr den Grund, das war dann alles eins.«

Sie nahm die Hand vom Mund und schaute sie an, die gekrümmten bleichen Finger, die rissige Haut, die braunen Flecken, die welligen Fingernägel.

»Wenn es bei mir an der Tür geklingelt hätte«, sagte sie und warf dem Hund, der vor dem Tresen lag, einen verwunderten Blick zu, »und es hätte ein Polizist dagestanden und mir gesagt, mein Sohn ist im Wald gefunden worden, dann hätt ich gleich gewußt, was passiert ist. Daß sich seine Prophezeiung erfüllt hat. Als ich im Krankenhaus war, hätt ich ihm manchmal fast die Wahrheit gesagt. Weil ich da nicht sein wollt in dem Krankenhaus, weil ich frei sein wollt. Schön lächerlich, nicht? Sie stehen da und sagen nichts, tun so, als würden Sie mich anschauen, dabei können Sie gar nichts sehen. Das ist beruhigend für mich. Das war eine gute Idee, daß Sie gekommen sind und nicht ein anderer. Wenn Sie mich sehen könnten, würd ich mich schämen. Ich sehe aus wie eine alte Schlampe. Und ich stink wie eine alte Schlampe. Wissen Sie, Herr Vogel, ich arbeite als Hauswirtschafterin, ich müßt eigentlich sauber sein, gepflegt und gut duften. Ich darf doch nicht wie mein eigener Dreck aussehen, den ich wegräumen und wegputzen muß. Könnt ich mich gleich selber mit wegputzen. Ich bin froh, daß Sie mich nicht sehen können. Vogel heißen Sie. So ein leichter Name. Ganz anders als Fest. Fest. Festgemauert in der Erden. Julius. Ach.«

Sie kippte, stützte sich mit einer Hand ab, wankte im Sitzen und erhob sich dann mit großer Mühe. Als sie dastand, betrachtete sie das Chaos in ihrem Apartment und wischte sich über den Mund.

»Ich habe Ihnen noch gar nicht mein Beileid ausgesprochen«, sagte Jonas Vogel. »Entschuldigen Sie. Herzliches Beileid, Frau Fest.«

»Julius ist tot«, sagte sie wieder. Sie legte die Hände übereinander auf den Bauch. »Hat sich nicht erhängt wie sein Freund Henning. Hat er nicht geschafft. So mutig sind wir nicht, wir Fests. Wir hauen ab oder bleiben und kapseln uns ein. Henning hat den Schritt getan, und er war erst zwölf. Er hat das Gefängnis nicht mehr ertragen. Das muß ich Ihnen erzählen, das fällt mir gerade ein: Seine Eltern haben nie verstanden, warum ihr Sohn sich umgebracht hat. Sie kamen zu mir und fragten mich und wollten eine Erklärung von mir. Warum? Warum? haben sie dauernd gefragt, und ich hab gesagt, niemand außer ihnen selbst kann wissen, warum. Warum? Warum? So lief seine Mutter durchs Dorf. Warum? Warum?«

Sie schwieg.

Vogel machte einen Schritt, klopfte mit dem Stock. »Könnte ich bitte ein Glas Wasser haben?«

Nike Fest antwortete nicht. Ohne sich umzudrehen, schob sie die Tür zum Balkon auf. Ein kühler Wind wehte herein. Roderich wuchtete sich auf die Beine. Vogel bemerkte seine Unruhe.

»Ich bin so froh, daß Sie mich nicht sehen können«, sagte Nike Fest. Rückwärts, mit halb geschlossenen Augen, ging sie auf den Balkon hinaus, bis zur Brüstung. Der Beton war kalt und rauh und kam ihr vertraut vor.

Mit einer schnellen Bewegung, schneller als sie es selbst in ihrem Zustand für möglich gehalten hätte, drehte sie sich um, stemmte sich in die Höhe und schwang ihr linkes Bein nach oben. Alles war nicht schwer.

Roderich zögerte nicht. Er wartete nicht auf ein Wort seines Herrchens. Er rannte los, rammte zwei Weinflaschen, stolperte beinah an der Stufe zum Balkon und stieß ein dunkles, ungeübtes Bellen aus.

Nike erschrak, rutschte mit dem rechten Fuß ab, klammerte sich an die Brüstung. Und bevor sie sich weiter an den Rand schieben konnte, schnappte der Bobtail nach ihrem Fuß und zerrte so lange daran, bis sie die Brüstung losließ. Sie plumpste auf den Steinboden, neben den Hund, vor die Füße des Kommissars, der nach draußen gekommen war. Er kniete sich neben sie.

»Sind Sie verletzt?« fragte er.

In sich gekrümmt, die Arme über dem Kopf, lag sie da, mit verdrehten Beinen, wimmernd, weinend. Vogel legte die Hand auf ihre Schulter. Roderich rührte sich nicht, ein zotteliger Brocken Held.

Nike hob ihr glühendes Gesicht. »Sie haben mir das Leben gerettet«, sagte sie leise. »Warum denn? Warum haben Sie das getan? Ist doch gar nicht mein Leben.« Sie holte Luft. »Und ich hab gedacht, Sie sind blind, und das ist ein Segen für mich, weil Sie mich nicht anschauen müssen, wie ich wegflieg. Wegflieg. Versteh schon. Sie sind der Vogel, nicht ich. Versteh schon.«

Donnerstag, 12.15 Uhr

Als sie aus dem Badezimmer kam, trug sie eine schwarze Hose und einen schwarzen Rollkragenpullover. Sie hatte sich geschminkt und ihre Haare nach hinten gekämmt, was ihr Gesicht verlebt erscheinen ließ. Vor der offenen Tür blieb sie stehen und rang nach Luft.

»Julius ist tot«, sagte sie zum dritten Mal.

Jonas Vogel stand mitten im Zimmer, mit dem Handy in der Hand. Max hatte vor einer Minute angerufen und sein Kommen angekündigt. Vom Selbstmordversuch der Frau hatte Vogel ihm noch nichts erzählt, und er wußte nicht, ob er es überhaupt tun würde. Seine Hand berührte Roderichs Kopf.

»Julius hat mir von Annemarie Lehner erzählt«, sagte

Vogel. »Und wie sie gelacht und mit ihrem Lachen alle angesteckt hat.«

»Die Anni«, sagte Nike und streckte wieder den Arm aus, als suche sie etwas. Jeder ihrer Schritte, jede Geste schien eine Entscheidung von ihr zu erfordern, die über ihre Kräfte ging. »Ja. Die Anni lachte für die ganze Welt mit. Heiter und leicht und gar nicht zu laut, wie ein besonderer Gesang. Die Anni, ach.«

»Lächeln Sie?« fragte Vogel.

»Nein, ich lächle nicht.« Sie lächelte aber doch, es war stärker als sie, ihr Gesicht war zu schwach dagegen.

»Ich höre, daß Sie lächeln.«

»Das geht doch gar nicht.« Sie lächelte immer noch. Als wäre ihr Mund übermütig.

»Doch, das geht«, sagte Vogel.

»Ich darf nicht lächeln«, sagte Nike Fest. »Mein Sohn ist tot.«

»Möchten Sie, daß wir seinen Vater benachrichtigen?«

Sie hörte auf zu lächeln, ihre Lippen, auf die sie einen blassen Lippenstift aufgetragen hatte, verwandelten sich in einen verlorenen Strich.

»Den interessiert das nicht. Den hat das nie interessiert, was mit seinem Sohn ist. Ich bin aus Versehen schwanger geworden. Am Anfang hat er noch gedacht, er findet das Liebesein. Aber es war klar, daß er es nicht findet. War ganz klar. Ist auch egal. Egal.«

Sie redet wie ihr Sohn, dachte Vogel, und sie schweigt wie er.

Nach einem langen Schweigen sagte sie: »Ich wär gesprungen, und Sie und Ihr Hund haben mich daran gehindert. Ist das nicht lächerlich? Ist das nicht arm? Ist das nicht peinlich für mich?«

»Nein«, sagte Vogel.

»Doch«, sagte sie. »Aber ich dank Ihnen trotzdem. Jetzt kann ich meinen Sohn noch mal sehen und ihn umarmen. Er hat so gar nichts von mir gewußt. Und ich hab so gar nichts von ihm gewußt, glaub ich. Wir waren zwei fremde Verwandte, Mutter und Sohn. Aber wenn wir gemeinsam gegessen haben, und getrunken auch, waren wir uns schon nahe. Wir haben uns Sachen erzählt, und die Vergangenheit war die Vergangenheit, und was morgen sein würd', war uns egal. Ganz egal. Jetzt waren wir da, und das war alles, was wichtig war. Hier am Tisch hat er gesessen, auf dem blauen Stuhl, und immer hab ich ihn gefragt, ob er eine Freundin hat. Manchmal hat er ja gesagt und versprochen, daß er sie mir bei Gelegenheit vorstellt. So weit ist es nie gekommen. Eine Freundin hätt' ihm vielleicht gut getan. Immer so allein ist nicht gesund. Sind Sie verheiratet, Herr Vogel?«

»Ja.«

»Sie Glücklicher«, sagte sie.

»Sie können immer noch einen Mann finden.«

»Ich bin siebenundfünfzig«, sagte Nike Fest. »Von mir will keiner mehr was Ernstes. Höchstens meinen Körper manchmal, und zwei Flaschen Wein. Das paßt schon so. Ich will jetzt zu meinem Sohn, begleiten Sie mich mit Ihrem Lebensretterhund?«

18

Donnerstag, 15 Uhr

Auf der Fahrt sprachen sie kein Wort. Ihr Ziel erschien Jonas Vogel wie ein unheimliches Zeichen aus einer Zeit, von der er so ausführlich und so bedrängend gehört hatte, daß er den Ort wie in einer Erinnerung vor sich sah. Beim Verlassen des Pathologischen Instituts, wo Nike Fest ihren toten Sohn stumm umarmt hatte, war er von einem Streifenpolizisten erwartet worden, der ihm mitteilte, wo seine Frau sich aufhielt. Daraufhin hatte Vogel mit dem Handy, das er auf Drängen seines Sohnes behalten mußte, Max und Katrin angerufen.

Max parkte halb auf dem Bürgersteig, und sie nahmen den östlichen Eingang. Hier befand sich das Gehege der Flamingos, hier war der Kiosk und gegenüber die Linde, in dessen Krone Henning Steiner sich erhängt hatte. Vogel hörte das Schreien der Tiere, er nahm den Geruch des brackigen Wassers und der Erde wahr, und er sah ein Kind mit einem Seil in der Hand, spät in der Nacht, das über den Zaun an der Straße kletterte, unerschrocken und entschlossen, und kein Geräusch verursachte, vielleicht ein leises Knacken beim Höhersteigen von Ast zu Ast, das aber keinen Flamingo aus seinem roten oder rosafarbenen Traum aufschreckte.

»Da vorn ist sie«, sagte Katrin zu ihrem Vater. »Warum bleibst du stehen?«

»Ich komme schon«, sagte er, erleichtert, Rodericks massigen Körper an seinen Beinen zu spüren.

Esther Vogel saß allein auf einer grünen Bank, eingehüllt in ihren blauen Mantel, mit gebeugtem Kopf.

»Mama?« sagte Max. Er klopfte ihr auf die Schulter, und sie sah zu ihm hinauf.

»Maxl.« Dann bemerkte sie die beiden anderen.

»Was machst du im Zoo, Mama?« Katrin setzte sich neben sie. »Wo warst du denn die ganze Nacht?«

»Unterwegs«, sagte Esther leise und schaute ihren Mann an, als traue sie ihren Augen nicht. »Geiselnahme beendet? Hallo, Roderich.« Sie streichelte dem Hund den Kopf, und Roderich schüttelte sich vor Freude.

Vogel setzte sich neben Esther und Max neben seine Schwester.

Besucher warfen dem blinden Mann Blicke zu, Kinder kamen näher, um den Bobtail anzufassen.

»Was ist passiert?« fragte Vogel.

»Meinst du mich?« Esther blickte vor sich hin.

»Wo warst du die ganze Nacht?«

»Und du?«

»In einem Haus.«

»Als Geisel.«

»Ich mußte jemanden befreien.«

»Hast du's geschafft?«

»Nein.«

»Nein?« Zum ersten Mal sah sie ihm in die Augen, aber nur kurz. »Es war also alles umsonst?«

»Nicht alles«, sagte Vogel.

»Du bist krank, Jonas.«

»Ja«, sagte er. »Ich bin blind.«

»Du bist krank, weil du nicht akzeptieren willst, daß du krank bist. Und ich spiel nicht mehr mit.«

»Du hast getrunken.«

»Geht dich das was an?«

Diese Frage hatte Vogel in der Nacht öfter gehört.

»Ja.«

»Nein.«

»Du trinkst und gibst mir die Schuld.«

»Wem denn sonst?« sagte sie erbost. »Du bist schuld. Du bist an allem schuld. Du bist sogar an deiner Blindheit schuld.«

»Mama«, sagte Max.

»Euer Vater denkt, er ist ein polizeilicher Mensch. Aber er ist ein schwerbehinderter Mensch. Und das begreift er nicht. Er glaubt, er ist als Mordermittler im Dienst, aber er ist nicht mehr im Dienst, er ist in Pension und lebt in einer schwarzen Welt. Aber er glaubt, er sieht alles und kann alles, was andere können. Das kann er aber nicht. So jemand gehört hinter Gitter. Der ist gefährlich, der ist lebensgefährlich für alle.«

Katrin legte den Arm um die Schulter ihrer Mutter. »Du bist betrunken, Mama. Laß uns nach Hause gehen.«

»Mein Zuhause ist hier.« Sie sah sich um. »Ich leb jetzt hier, bei den Affen und Giraffen, bei den Nashörnern und den Eisbären. Die tun mir nichts, die glauben nicht, daß sie Pfaue sind, oder Flamingos, oder Beos, das glauben die nicht, die wissen genau, was sie sind und mehr wollen sie nicht sein. Ich geh hier nicht mehr weg.«

»Du hast auf der Bank geschlafen«, sagte Max. »Du hast dich betrunken, du weißt nicht, was du tust, Mama. Wir müssen dich zu einem Arzt bringen.« Er hoffte, sein Vater würde etwas in seinem Sinne sagen, aber sein Vater schwieg.

»Geiselaustausch.« Esther Vogel sprach das Wort wie eine Verwünschung aus. »Ein blinder Mann, der nicht begreift, daß er blind ist, stellt sich vor einen Kidnapper und sagt: Nimm mich statt der Frau, ich bin die bessere Geisel. War's so? Ja, so war's, und so wird es immer sein. Der blinde Mann lebt in seiner eigenen Welt, und in dieser Welt gelten seine eigenen Gesetze. Andere Welten gibt's nicht mehr. Ich gehöre da nicht hin, seht ihr das nicht? Seid ihr blind?«

»Komm nach Hause, Mama«, sagte Katrin.

»Zu Hause ist, wo mein Arsch ist, das hat meine Großmutter immer gesagt. Sie stammte aus einer Schaustellerfamilie, wie ihr wißt. Die zog von einem Ort zum anderen, quer durchs Land, am Anfang des letzten Jahrhunderts. Die war überall zu Haus und nirgends, die kannte kein solides Leben. Keine Beamtenexistenz. Sie wollte nie eine Beamtenexistenz haben. Du hast was von ihr, Katrin, das wollt ich dir immer schon mal sagen, du hast sogar eine gewisse Ähnlichkeit mit ihr. Du bist ein unruhiger Geist, und ich weiß, daß du bald ausziehen und dich in der Welt rumtreiben wirst, und dann werde ich sehr traurig sein. Das braucht dich nicht zu kümmern. Geh deinen Weg, wo immer hin. Nimm dir ein Beispiel an deinem Vater, den haut nichts um, der läßt sich niederschießen und bleibt trotzdem bei der Truppe, den wirft nichts aus der Bahn.«

»Nicht die alten Geschichten, Mama«, sagte Max. Gern hätte er sich am Kiosk ein Bier geholt. Das durfte er nicht, wegen seiner Mutter, wegen der Arbeit, die noch vor ihm lag und von der er nicht wußte, wie er sie bewältigen sollte. Für achtzehn Uhr hatte Endres eine interne Konferenz einberufen, an der auch Jonas Vogel und der Polizeipräsident teilnehmen sollten.

»Ich mußte so handeln«, sagte Vogel und griff nach der Hand seiner Frau. Sie zog sie weg, und er ließ seine Hand auf ihrem Bein. »Als ich erfahren habe, wer die überfallene Frau ist, wollte ich sie aus diesem Alptraum herausholen. Das war meine Aufgabe.«

»Und ich?« sagte Esther. »Was ist mit meinem Alptraum? Wer holt mich da raus? Wieso muß ich in einem Alptraum bleiben, diese Frau aber nicht? Warum sperrst du mich in einem Alptraum ein? Warum läßt du mich nicht in Frieden? Warum laßt ihr alle mich nicht in Frieden? Ich hatte eine so schöne Nacht, und jetzt taucht ihr hier auf und nehmt mich in die Zange. Das will ich nicht.«

Mit einem Ruck stand sie auf, klopfte ihren Mantel ab und ging los, durch die Gruppen der Zoobesucher hindurch, mit schnellen trippelnden Schritten, vorbei am Orang-Utan-Haus, ganz für sich, mit abweisenden Bewegungen.

»Und los!« sagte Vogel zu Roderich. Das Kommando kannte der Hund. Er wuchtete sich auf die Beine und folgte dem Kommissar, der den Stock vor seinen Füßen schwenkte und schneller verschwunden war, als Max und Katrin einen Blick wechseln konnten.

Donnerstag, 15.40 Uhr

Vor dem Elefantenhaus holte er sie ein.

»Bitte, warte auf mich«, rief Jonas Vogel.

Esther blieb stehen, weniger wegen ihm, sondern weil ihr eine Gruppe von Kindern den Weg versperrte. Die mächtigen Elefanten auf dem Freigelände waren zwar interessant, aber als die Kleinen den Bobtail bemerkten, stießen sie freudige Rufe aus und scharten sich um den

Hund, und er hatte keine Chance, dem Getätschel zu entrinnen.

»Ich bin in der Nähe, Roderich«, sagte Vogel und folgte Esther zum Rand der Wiese.

Unaufhörlich sprachen die Kinder Roderichs Namen aus, und er, ewiger Freund des Menschen ganz gleich welchen Alters, ließ sich streicheln und kraulen und schubsen und knuddeln, und er brummte in sich hinein und mußte auch noch niesen, und eine Lawine aus Gelächter ging auf ihn hinunter.

»Mehr kann ich dir nicht erklären«, sagte Vogel zu Esther, die ihm den Rücken zuwandte. »Ich möchte, daß wir darüber sprechen.«

»Seit wann kannst du DARÜBER sprechen? Ich bin nicht mehr da, ich bin bloß noch eine Halluzination. Wenn du was sehen könntest, würdest du's sehen.«

»Dann würde ich sehen, daß du eine Halluzination bist«, sagte Vogel. Er hatte den Eindruck, seine Frau roch, als habe sie die Nacht in einer unterirdischen Räucherhalle verbracht.

»Genau«, sagte sie.

»Ich bin aber blind«, sagte er. »Deswegen sehe ich dich.«

»Bist du besoffen? Laß mich in Ruhe. Geh weg.«

»Ich kann nicht weggehen, du bist meine Frau.«

Sie fuhr herum. »Großer Irrtum, blinder Mann. Ich *war* deine Frau, jetzt bin ich die Frau eines Fremden. Vielleicht war ich das schon immer, und ich hab's nur nicht bemerkt. Aber jetzt bin ich auf jeden Fall die Frau eines Fremden. Ich bin die Frau eines Verrückten, ich bin die Frau eines größenwahnsinnigen Hundebesitzers, der sich für einen Helden hält wie Mel Gibson. Sehe ich aus wie die Frau eines Helden? Ich sehe aus wie die Frau eines

Fremden, den ich nicht kenne. Heut nacht habe ich einen Mann kennengelernt, der wollte mich begleiten, Arthur heißt er, er ist Kellner und aus Österreich. Fast wäre ich mitgegangen. Aber dann hat er mir nicht gut genug gerochen, Pech für ihn. Ich bin die Frau eines Fremden, wenn ich mit einem Fremden mitgehe, ist das erlaubt. Das ist meine Natur. Geh einfach weg. Rette Geiseln. Laß dich austauschen gegen Frauen, die Alpträume haben, nimm ihnen die Alpträume ab, sie haben auf dich gewartet. Was stehst du hier rum? Vergeude nicht deine Zeit. Die gepeinigten Frauen warten auf dich. Erlöse sie.«

Sie hatte ihn nicht angesehen, und er wußte, daß sie an ihm vorbeigesprochen hatte, zu den Schildkröten vielleicht, zu den Geparden oder Leoparden. Er nahm seinen Stock in die linke Hand, streckte den rechten Arm aus, tastete nach Esthers Gesicht, und als er es berührte, legte er den Arm um sie und zog sie an sich und hielt sie fest. Er drückte sie nicht an sich, er hielt sie nur fest.

Sie bewegten sich beide nicht im Kreischen der Kinder, die jetzt weiterzogen, im Trompeten der Elefanten, in den spitzen Schreien des Pfaus, der irgendwo unterwegs war.

Wie auf Zehenspitzen kam Roderich näher, unschlüssig, ob er sich an Vogels Beine schmiegen durfte. Er blieb stehen, die Haare fielen ihm struppig vors Gesicht, und was er sah, wußte niemand.

»Ich geh nicht mit«, sagte Esther leise und spannte ihren Körper an und schaute ins Gras und wunderte sich, wie grün es war, unwirklich grün.

»Wir gehen zusammen«, sagte Vogel. »Ich kann nicht allein gehen. Ohne dich.«

»Und wie du das kannst.«

»Das sieht nur so aus«, sagte er. »Ich konnte noch nie

allein gehen, nur nach außen hin. Ohne dich wäre ich schon längst in die Irre gegangen.«

»Du lügst.«

»Ich habe seit meinem vierzehnten Lebensjahr nicht mehr gelogen.«

»Wie langweilig.«

»Ich bin zu ungeschickt zum Lügen.«

»Ich komm nicht mit«, sagte Esther.

Eine Zeitlang sagten sie nichts, dann wurde Roderich ungeduldig. Er stubste mit der Schnauze gegen das Bein seines Herrchens und anschließend gegen Esthers Bein.

»Roderich will los«, sagte Vogel.

»Ich glaub, wir haben nicht denselben Weg.«

»Einen anderen gibt es nicht«, sagte Vogel.

Esther streifte seinen Arm ab. »Du kommst nicht von dir los und ich nicht von mir.«

Vogel nahm den Stock wieder in die rechte Hand. »Das stimmt. Aber wir sind weit gekommen, du mit dir und ich mit mir.«

»Du gehst einfach weiter«, sagte sie. »Aber ich bin zum Stillstand gekommen. Ich kann die Augen nicht verschließen vor dem, was passiert ist. Ich kann das nicht. Ich kann's einfach nicht.«

»Schau mich an«, sagte Jonas Vogel und tastete nach ihrer Hand, und sie schaffte es nicht, sie ihm zu entziehen. »Verschließe ich die Augen vor dem, was passiert?«

Friedrich Ani im dtv

»Friedrich Ani halte ich für einen der besten, wenn nicht für *den* besten deutschen Kriminalschriftsteller.«
Tobias Gohlis

Wer lebt, stirbt
Kriminalroman
ISBN 978-3-423-20988-5

Mit seinem Orientierungssinn führt er Einsätze auf unbekanntem Terrain zu überraschenden Erfolgen. Sein räumliches Vorstellungsvermögen hat seine Ausbilder schon auf der Polizeischule verblüfft. Genauso wie seine Gabe, Stimmen zu sezieren wie ein Pathologe eine Leiche. All das hat Hauptkommissar Jonas Vogel einen Spitznamen eingebracht: Der Seher. Doch dann hat er bei seinen Ermittlungen im Mordfall an dem Wachmann Falk Sieger einen folgenschweren Unfall ... – Band I der ›Seher‹-Reihe

Wer tötet, handelt
Kriminalroman
ISBN 978-3-423-21061-4

Der blinde Jonas Vogel ist gerade auf dem Nachtspaziergang mit seinem Hund, als ihn die Hilferufe eines am Straßenrand liegenden Verletzten hochschrecken lassen. Ein Einbrecher hat dessen Freundin in ihrer Parterrewohnung als Geisel genommen. Schon als er zum ersten Mal den Namen der jungen Frau hört, ahnt der ehemalige Kommissar Vogel, dass er der Polizei trotz seiner Behinderung von Nutzen sein kann, denn er kennt Silvia Klages gut ... – Band II der ›Seher‹-Reihe

Idylle der Hyänen
Roman
ISBN 978-3-423-21028-7

Im Kellerabteil eines Hochhauses finden zwei Jungen eine tote Frau in einem grünen Sommerkleid. Auf den ersten Blick scheint es ein Mordfall zu sein wie jeder andere. Aber den Ermittlern fehlt lange jede Spur vom Täter, denn im Wohnsilo hat niemand etwas bemerkt. Bis der Zufall und die Farbe Grün endlich zu einer heißen Spur führen. Und dann geschieht ein weiteres Verbrechen ... – Band I der Reihe um Kommissar Polonius Fischer, einem ehemaligen Mönch.